Ana Punset

Der Club der roten Schuhe – Freundinnen 4ever

Band 1

Mit Illustrationen von Paula González

ANA PUNSET

Der Club der ROTEN SCHUHE

Freundinnen 4ever!

Übersetzung aus dem Spanischen
von Sabine Giersberg

Boje

MIX
Papier aus verantwortungsvollen Quellen
FSC® C014496
www.fsc.org

Titel der spanischen Originalausgabe:
»El Club de las Zapatillas Rojas«

Satz: two-up, Düsseldorf
Gesetzt aus der Minion
Druck und Einband: GGP Media GmbH, Pößneck

Printed in Germany
ISBN 978-3-414-82504-9

1 3 5 4 2

Sie finden uns im Internet unter: www.luebbe.de

Der Club der ROTEN SCHUHE

1

Ein Herzenswunsch geht in Erfüllung

Es war noch genau ein Weihnachtsgeschenk übrig, und als Lucía das silberfarbene Päckchen öffnete, konnte sie es kaum glauben: lila Schuhe mit Absatz! Die mussten von Lorena sein, der Frau ihres Vaters, er selbst käme niemals auf so eine Idee. Sie sah ihre Stiefmutter dankbar an. Endlich konnte sie den anderen auf Augenhöhe begegnen und beim Gehen cool die Hüften schwingen wie die Promis im Fernsehen. Sie war gerade zwölf, aber die Absätze schummelten locker ein, zwei Jährchen hinzu. Lorena hatte den Vogel abgeschossen! In all den Jahren, die sie mit ihrem Vater verheiratet war, war es ihr zum ersten Mal gelungen, Lucía wirklich zu überraschen. Vielleicht konnte sie die Schuhe gleich einweihen, wenn sie das nächste Mal mit den Mädels zum Bummeln ins Einkaufszentrum oder ins Kino ging. Aber ihr sehnlichster Wunsch hatte sich bislang nicht erfüllt! Dabei hatte sie ihn auf ihrem Wunschzettel mit allen bunten Textmarkern unterstrichen, die ihre Schreibtischschublade hergab. Eigentlich war sie ja aus dem Alter raus, aber den Brief an die Heiligen Drei Könige schrieb sie, wie alle anderen spanischen Kinder, immer noch. Das war einer der Vorteile, wenn die Eltern geschieden waren: Die Geschenke wurden aufgeteilt, und es gab keinen Zoff (oder zumindest weniger).

Aber das nur nebenbei. Warum lag ausgerechnet das Geschenk, von dem sie doch klargemacht hatte, dass es ihr am allerwichtigsten war, nicht unter dem Baum? Als sie es nach dem üppigen Festmahl an Heiligabend nicht von ihrer Mutter bekommen hatte, war sie insgeheim davon ausgegangen, dass ihr Vater es ihr am Dreikönigsfest geben würde. Doch Fehlanzeige, ihr Vater hatte es wohl nicht kapiert. Lucías Stupsnase kräuselte sich, und sie suchte fieberhaft nach einem weiteren Päckchen. Die Hoffnung stirbt zuletzt, sagt man.

Und wenn …? Lucía blickte zu ihrer Halbschwester Aitana. Sie war gerade mal sechs und ein absoluter Wirbelwind. Mit den blonden Locken und den rosigen Wangen sah sie zwar niedlich aus, aber sie war eine Meisterin der Zerstörung, vor allem was die Sachen ihrer älteren Schwester anging. Die Kleine saß unter dem Weihnachtsbaum und zerfetzte Geschenkpapier wie ein Reißwolf. Und siehe da: Unter den Papierfetzen lag tatsächlich noch ein ungeöffnetes Päckchen: Es war in rotes Papier eingewickelt, ohne die typischen Kindermotive wie auf den anderen Geschenken, die für die Kleine bestimmt waren. SIE HATTE ES GEWUSST! Das Päckchen war für sie, kein Zweifel. Doch Aitana streckte schon die Hand danach aus. Mit drei Schritten war Lucía zur Stelle, schnappte ihrer Schwester die Schachtel vor der Nase weg und kniete sich darauf, um sie ihrem Zugriff zu entziehen. Aitana schrie, wie immer, wenn sie ihren Willen nicht bekam. Sie war die Prinzessin im Haus.

»Lucía!«, rief Lorena in ihrem Hier-wird-gemacht-was-ich-sage-Ton.

Während Lucías Vater die ganze Zeit seelenruhig in einem Sessel neben dem Weihnachtsbaum saß, rannte Lorena in einem Anfall von Gefühlsduselei ununterbrochen umher und schoss Fotos.

»Entschuldige dich sofort bei deiner Schwester!«

»Meine Schwester? Diese verwöhnte Göre ist nicht meine Schwester«, murmelte Lucía vor sich hin. Im Licht des Weihnachtsbaums war deutlich zu sehen, dass Lorenas Gesicht hochrot geworden war. Manche Dinge sagte man besser nicht laut. Lucía ignorierte den Rüffel und konzentrierte sich voll und ganz auf das Päckchen, ihre letzte Hoffnung. In der Tat: Auf dem Anhänger stand in Großbuchstaben klar und deutlich ihr Name: LUCÍA.

Ja, es war für sie! Alle anderen Geschenke mochten noch so nützlich sein – das Make-up-Köfferchen von Pucca, das Balletttrikot, der iPod oder das Tagebuch –, mit diesem einen konnte nichts mithalten. Inständig betete sie, das Päckchen möge das enthalten, was sie sich am meisten wünschte.

Lucía öffnete es, als wäre ein kostbarer Schatz darin verborgen. Langsam löste sie erst das eine Ende der Verschnürung und dann das andere. Am liebsten hätte sie die Verpackung einfach aufgerissen, aber sie hielt sich zurück, sie wollte jede einzelne Sekunde der Vorfreude auskosten. Als sie endlich den letzten Klebestreifen gelöst und das Papier entfernt hatte, lag vor ihr ein einfacher Pappkarton. Behutsam öffnete sie den Deckel, als wäre er aus Glas, und sah hinein. Ihr entfuhr ein Freudenschrei, bei dem alle aufschreckten.

»JAAAAAAAA!!!!«

Die anderen sahen sie verdutzt an. Aitana hatte aufgehört zu weinen und zeigte mit weit aufgerissenem Mund das zerkaute Plätzchen, das ihre Mutter ihr zur Aufmunterung gegeben hatte. Die hielten sie jetzt bestimmt für völlig verrückt. Deswegen so auszuflippen? Ihr Vater fragte, ob ihr das Geschenk gefiele, und man merkte ihm an, dass er sich diebisch darüber freute, dass sie so aus dem Häuschen war. Lucía nickte eifrig und strahlte buchstäblich über das ganze Gesicht. Na klar gefiel es ihr, und wie!

Lucía war so hin und weg, dass sie sogar Aitana umarmte. Die Kleine hatte ja nichts Böses getan, zumindest hatte sie nichts angefasst, das ihr gehörte, und das war schon viel. Sie stapelte alle Geschenke in einer Ecke und warf das Geschenkpapier in den Müll. Um des lieben Friedens willen gab sie eine Weile die große Schwester: Sie spielte mit Aitana Kaufladen und fragte sie nach den Namen ihrer Puppen. Als sie dachte, sie habe ihrer Pflicht Genüge getan, ging sie mit der Geschenkausbeute in ihr Zimmer. Sie musste in Erfahrung bringen, ob sie als Erste ihre neueste Errungenschaft an diesem Dreikönigsabend präsentieren konnte …

LUCÍA
LUCÍA
ballet

2

Alles läuft nach Plan!

Lucía machte Licht in ihrem Zimmer, kickte das Sitzkissen weg und setzte sich an den Computer. Der war fast immer eingeschaltet, wenn sie zu Hause war. So war sie immer mit ihren Freundinnen verbunden.

»Plan Rote Schuhe läuft«, schrieb sie in das Chatfenster mit dem ziemlich coolen Profilbild, das sie unmittelbar nach einem Friseurbesuch zeigte: mit perfekt geradem, bis an die Augenbrauen reichendem Pony und der roten Mähne mit frisch geschnittenen Spitzen.

Sie lehnte sich auf ihrem bequemen Schreibtischstuhl zurück und wartete auf die Antworten von Frida und Bea. Marta hatte als Einzige schon länger rote Chucks und musste sie sich nicht erst zu Weihnachten wünschen.

Lucía war so aufgeregt, als hätte sie Reisefieber. Sie konnte es kaum erwarten, dass ihre Freundinnen endlich antworteten. Geduld war nicht ihre Stärke. Sie sah sich nach etwas um, womit sie sich ablenken konnte. Ihr Vater und Lorena hatten ihr ein echt tolles Zimmer eingerichtet: Sie hatten die Wände lila gestrichen, das war ihre Lieblingsfarbe, und ihr Vater hatte hinter dem Bett eine riesige Pinnwand aufgehängt. Sie hatte viele Fotos von ihren Freundinnen und Zeitungsausschnitte daran angebracht, darunter ein Bild von den Dünen in Ägypten, die sie gerne mal sehen würde. Das Bett war nicht allzu groß, aber die Bettdecke passte farblich wunderbar zu den Wänden und der Deckenlampe.

Sie schlug das neue Tagebuch auf, stellte die neuen Chucks auf den Tisch und begann, sie mit Bleistift auf die erste freie Seite zu zeichnen.

Die Idee, sich zu Weihnachten rote Chucks schenken zu lassen, war vor Kurzem aufgekommen, als Reaktion auf die Hiobsbotschaft, dass Marta wegziehen würde – direkt nach dem Dreikönigsfest! Die Nachricht hatte sie alle geschockt. Selbst der Quasselstrippe Frida hatte es die Sprache verschlagen. Seit der Grundschule waren sie zusammen, und jetzt musste Marta die Clique verlassen. Ihrer Mutter, einer Deutschen, hatte man einen super Job in Berlin angeboten, deshalb zog die ganze Familie um. Sie selbst war schon einen Monat vorher hingeflogen, um alles vorzubereiten, aber die Feiertage hatte sie gemeinsam mit ihrer Familie in Barcelona verbracht.

Lucía war es sehr schwergefallen einzusehen, dass ihre Freundin für immer fortzog. Vielleicht würden sie nie mehr an ein und demselben Ort leben! Und so hatten die vier vor dem schwarzen Tag so viel Zeit wie möglich miteinander verbracht: Sie hatten Filme angeschaut, die Marta in ihrem neuen Zuhause verpassen würde. Sie hatten das typische Schoko-Gebäck, die Napolitanas, gegessen, auf die sie dort würde verzichten müssen, und Klamotten in den Geschäften anprobiert, in die sie bald keinen Fuß mehr setzen würde. Sie hatten den Duft des Meeres eingesogen und waren durch den Sand gelaufen, den es in Berlin nicht gab. Und weil das noch nicht genug war, hatten Lucía und die anderen beschlossen, einen *Club der Unzertrennlichen* zu gründen mit dem Ziel, sich ihre Freundschaft trotz der Entfernung zu bewahren. Durch den Club würden sie einander genau so eng verbunden bleiben wie bisher – sie würden einander täglich schreiben und alles miteinander teilen, wie beste Freundinnen es eben tun.

Die Sache zwischen Marta und Julia (der Spanischlehrerin), hatte sie in ihrem Entschluss bestärkt. Marta wohnte in der Nähe der Schule und kam immer zu Fuß. Eines Morgens hatte sie mit Chucks zur Schule gehen müssen, weil es seit Tagen in Strömen geregnet hatte und die Schuhe der Schuluniform nicht mehr trocken wurden. Die Chucks waren rot, ihre Lieblingsfarbe. Als die Elster (so wurde Julia wegen der schwarzen Kleidung und der seltsam krächzenden Stimme von allen genannt) Marta kommen sah, verwehrte sie ihr gleich am Eingang den Zutritt.

»Wo sind die blauen Schuhe der Schuluniform?«, fragte sie.

»Na ja, zu Hause«, erwiderte Marta und klappte den weißen Schirm mit den schwarzen Punkten zu. »Sie sind klitschnass vom Regen.«

»Das interessiert mich nicht. So kannst du auf keinen Fall in den Unterricht gehen«, murrte die Elster, die dastand, als hätte sie einen Stock verschluckt.

»Aber in nassen Schuhen bekomme ich eine Mordserkältung«, klagte Marta, während die Regentropfen aus ihrem hellblonden Haar tropften.

»Das ist mir völlig egal, Marta. So kommst du nicht in die Schule. Du weißt, dass du mindestens zwei Paar Schuhe zur Uniform haben sollst. Schönen Gruß an deine Eltern«, herrschte sie Marta mit erhobenem Zeigefinger an. Der blutrote Nagellack erzeugte immer wieder Gänsehaut.

»Aber das ist ja das Problem. Meine Mutter ist schon in Deutschland, und ich bin mit meinem Vater allein.«

»Und was hat das bitte schön mit den Schuhen zu tun?«

»Meine Mutter hat schon fast alle Sachen mitgenommen, auch das zweite Paar Schuhe!«

Der Blick der Lehrerin wurde streng. Es passte ihr gar nicht, wenn man ihr widersprach, sie lief knallrot an.

»Werd ja nicht frech, Kleine.« Wieder richtete sie drohend den Finger auf sie. »Du gehst jetzt nach Hause und ziehst die richtigen Schuhe an, auch wenn sie nass sind. Und dann kommst du in mein Büro und holst dir eine Strafarbeit ab. Mal sehen, ob du so lernst, wann man den Mund zu halten hat.«

Genau in dem Moment war Lucía in die Schule gekommen und hatte Marta mit zusammengebissenen Zähnen im Regen davonstapfen sehen. Marta hatte ihnen später erzählt, dass sie in die klitschnassen Schuhe geschlüpft war und dass sie auf dem Weg bei jedem Schritt schrecklich gequietscht hatten. Die Elster hatte ihr aufgetragen, hundertmal »*Ich darf meiner Lehrerin nicht widersprechen*« in ein Heft zu schreiben, wie zu Großmutters Zeiten. Echt vorsintflutlich! Noch am selben Abend hatte Marta hohes Fieber bekommen. Die letzten Schultage hatte sie mit Grippe im Bett verbracht. Um ein Haar hätte sie bei dem Theaterstück nicht mitspielen können, das sie für Weihnachten eingeübt hatten: *Eine Weihnachtsgeschichte* von Charles Dickens. Marta hatte als Geist der vergangenen Weihnacht eine der Hauptrollen.

Am ersten Tag der Weihnachtsferien wurde die Idee mit dem Club aus der Taufe gehoben. Die vier sprachen über Martas bevorstehende Abreise, und als Lucías Blick auf die roten Chucks fiel, meinte sie, die wären noch ein passendes Erkennungszeichen für den Club.

»Warum wünschen wir uns nicht alle solche zu Weihnachten?«, schlug sie vor.

Frida ging sogar noch weiter: »Jaa! Jaa! Und am Ende der letzten Stunde ziehen wir vor den Augen der Elster die verfluchten blauen aus und die roten an.«

Die Idee fanden alle toll. Sie würden es der Elster mal so richtig zeigen!

»Mal sehen, ob das etwas Leben in ihr vertrocknetes Vogelscheuchengesicht bringt«, hatte Lucía gesagt.

Ein Pling aus den Lautsprechern des Computers ließ sie aufhorchen. Frida und Bea hatten geantwortet, dass auch sie jetzt stolze Besitzerinnen roter Chucks waren. Marta schloss den Chat mit dem Kommentar:

»Die Party kann starten!«,

worauf die anderen mit Emojis antworteten.

Lucía war betrübt: Am nächsten Tag fand bei Marta zu Hause eine Abschiedsparty statt. Die Party an sich war gar nicht so wichtig, vor allem wollten sie Marta zeigen, dass die Entfernung ihrer Freundschaft nichts anhaben konnte. In einem Album mit rotem Einband hatten sie schöne gemeinsame Momente in Fotos und Ausschnitten festgehalten, damit Marta sich in ihrem neuen Zuhause jederzeit daran erinnern konnte.

Plötzlich hatte Lucía eine Idee. Sie konnte noch die Zeichnung von den roten Chucks in das Album kleben, dann wäre das Erkennungszeichen auch gleich dabei. Das war perfekt!

Aber wenn sie noch rechtzeitig fertig werden wollte, musste sie sich beeilen. Sie nahm den roten Stift, um dem Bild Farbe zu geben: Erst erzeugte sie mit schnellen Bewegungen Farbtiefe, und dann verlieh sie dem Ganzen noch ein paar Highlights, indem sie die Farbe an manchen Stellen verwischte. Wenn Lucía zeichnete, war sie wie auf einem anderen Planeten, auf dem es nur sie und ihre Gedanken gab. So konnte sie am besten abschalten. Sie hatte die Technik nie irgendwo gelernt (anders als Ballett), sondern hatte schon immer alles gezeichnet, was ihre Aufmerksamkeit erregte oder was ihr einfach so durch den Kopf ging. Zeichnen war für sie das Natürlichste der Welt.

Nachdem das Bild von den Chucks fertig war, ging sie ins Bett; sie konnte es kaum erwarten, es ihren Freundinnen zu zeigen. Vor lauter Aufregung konnte sie fast nicht einschlafen. Doch als ihr Vater kurz darauf ins Zimmer kam, um sie auf die Stirn zu küssen und ihr süße Träume zu wünschen, wie er es oft abends tat, war sie bereits sanft entschlummert.

3

Unsere zehn Gebote

Lucía traf als Letzte bei Marta ein und wunderte sich, wie groß die Wohnung ohne Möbel und Dekoration aussah. Im Esszimmer standen auf einem Campingtisch ein paar Teller mit Fingerfood, und Marta hatte Girlanden aufgehängt, damit es nicht so kahl wirkte.

Eltern, Nachbarn und Freunde aßen Häppchen und plauderten angeregt. Marta hatte nur ihre drei engsten Freundinnen eingeladen: Es war ja schließlich keine Party, sondern eine Abschiedsfeier.

Lucía vergewisserte sich sofort, ob alle, wie ausgemacht, ihre roten Chucks trugen. Sie nickte zufrieden, die anderen auch, und dann verschwanden sie in Martas Zimmer, um ungestört zu sein (nicht ohne sich vorher ordentlich mit Proviant einzudecken). Als Lucía den leeren Raum sah, ohne die Poster von Taylor Lautner und Justin Bieber an den Wänden und ohne die Bücher in den

Regalen, hatte sie das Gefühl, ein Loch täte sich im Boden auf. Schlagartig wurde ihr wieder der traurige Anlass ihres Treffens bewusst: Eine aus dem Kreis der unzertrennlichen Freundinnen würde fortgehen, und sie würden sich lange Zeit nicht sehen.

Frida kam schnurstracks auf sie zu und flüsterte ihr ins Ohr: »Hast du's dabei?«

Lucía nickte, den Mund voller Häppchen, und deutete auf ihre dreifarbig gestreifte Umhängetasche.

Sie setzten sich auf die Kissen am Boden. Als Bea ihre Chucks auszog, bemerkte Lucía die grauen Socken.

»Sind die neu?«, fragte sie. Bea suchte ihre Socken immer nach ihrem Gemütszustand aus. Eine ihrer vielen Marotten.

»Ja, ich hab mir für diese schweren Zeiten einen ganzen Satz graue zugelegt«, erwiderte Bea mit einem gezwungenen Lächeln.

»Dann merkt wenigstens keiner, wenn du tagelang dieselben anhast«, zog Frida sie auf.

Die anderen lachten, und eine meinte, der Käsegeruch würde sie schon verraten.

»Meine Mutter hat mir einen eng anliegenden Pulli geschenkt, der die Figur betont!«, scherzte Frida und legte ihre Hände auf die flachen Brüste.

Wieder brachen sie in Gelächter aus, und Marta konnte

überhaupt nicht mehr aufhören. Frida hatte die wenigsten Kurven von allen und sie war auch am wenigsten eitel: Ihr Haar war fast immer zum Pferdeschwanz gebunden, und sie trug am liebsten sportliche Kleidung.

»Ich hab meine ersten Schuhe mit Absätzen bekommen, von Lorena«, verkündete Lucía. Jetzt waren ihre Freundinnen baff.

»Was?! Du wirst fantaaaaastisch aussehen!«, rief Marta, und alle nickten begeistert.

»Wirst du sie deiner Mutter zeigen?«, fragte Bea und gab dem Gespräch damit eine ernste Wendung.

»Ich weiß nicht.« Lucía kniff die Lippen zusammen. »Vielleicht lasse ich sie besser bei meinem Vater. Man weiß ja nie.«

»Ich würde sie ihr erst zeigen, wenn sie mal SEEEEHR gute Laune hat«, sagte Marta. »Wenn sie erfährt, dass Lorena sie dir geschenkt hat, kriegt sie bestimmt einen Anfall.«

Damit lag Marta gar nicht so falsch. Lucías Mutter ertrug es nicht, wenn Lorena sich in ihr Leben einmischte oder Dinge tat, die sie nicht guthieß. Das Ergebnis: Alle naselang stritten sich ihre Eltern, meistens am Telefon, denn sie sahen sich nur selten. Manchmal wurde es so laut, dass es gar keines Hörers mehr bedurft hätte, um sich zu verstehen.

Lucía schüttelte ihre lange rote Mähne und schnaubte vernehmlich, um den anderen deutlich zu machen, dass sie nicht weiter über ihre Familie reden wollte. Sie war von den vieren die Einzige, die zwei Zuhause hatte, an entgegengesetzten Enden von Barcelona, und manchmal war das echt nervig. Wie sie es hasste, wenn sie für das Wochenende bei ihrem Vater wieder mal die falschen Klamotten eingepackt hatte. Dann (und das kam gar nicht so selten vor) erklärte sie ihrem Vater gebetsmühlenartig, dass die Sachen im Kleiderschrank für ihre Pläne völlig unbrauchbar waren, und beschwatzte ihn, sie am frühen Morgen zu ihrer Mutter zu fahren, um das Shirt oder den Rock zu holen, ohne die sie das Wochenende unmöglich auskommen konnte. Doch die Sache mit den zwei Haushalten hatte auch ihre Vorzüge. Sie konnte zum Beispiel viel mehr Sachen unterbringen und sparte sich das regelmäßige Ausmisten, da sich immer irgendwo noch ein Plätzchen fand, um sie zu verstauen. Wenn ihre Mutter sich beklagte, dass der Schrank aus allen Nähten platzte, deponierte sie einfach ein paar Klamotten bei ihrem Vater. Aber das barg natürlich auch Risiken. Es wäre nicht das erste Mal, dass ihre Mutter tobte, weil sie sie mit einem Kleidungsstück erwischte, das ANGEBLICH schon vor Ewigkeiten in den Altkleidercontainer gewandert war. Ja, es war gut einen Ort zu haben, an dem sie alles verstecken konnte, was ihrer Mutter ein Dorn im Auge war. Ihr gegenüber würde sie das natürlich niemals zugeben, aber das Zimmer bei ihrem Vater gefiel ihr besser. Bei ihm durfte sie an die Wand hängen, was sie wollte, deswegen auch die riesige Pinnwand. Bei ihrer Mutter war das höchste der Gefühle das Bild einer Ballerina auf der tadellos weißen Wand.

Den größten Teil der Zeit lebte Lucía bei ihrer Mutter und deren Mann, José María. Die beiden erzählten ihr immer wieder, sie sei der Grund, warum sie sich ineinander verliebt hätten: José María war Maître in dem Restaurant, in dem sie ihre Kommunion gefeiert hatten, und er hatte während des Essens die ganze Zeit ihre Mutter angehimmelt. Das war selbst Großmutter Agustina aufgefallen!

Auch ihren Vater sah sie regelmäßig, manchmal holte er sie von der Schule ab, und sie verbrachte häufig die Wochenenden bei ihm. Man konnte es ja auch so sehen: Sie hatte einfach eine größere Familie als ihre Freundinnen.

»Mädels! Apropos Geschenke«, sagte Frida und knuffte Lucía in die Seite, um sie aus ihrer Gedankenwelt zu reißen. Lucía holte das Album hervor, das sie für Marta gemacht hatten. »Das ist für dich. Damit du uns in Berlin nicht vergisst.«

Marta stürzte sich sofort darauf. Gleich auf der ersten Seite prangte Lucías Zeichnung von den roten Chucks, die sie in letzter Minute noch eingeklebt hatte. Unisono erschallte ein »Groß-ar-tig!«, als hätten sie es vorher geprobt.

Die Mädchen verbrachten so viel Zeit miteinander, dass sie fast telepathische Fähigkeiten entwickelt hatten.

»Hätte ich doch dein Talent. Damit ist dir die Eins in Kunst sicher«, sagte Bea.

»Das sagst ausgerechnet du, Miss Violine«, erwiderte Lucía.

»Das ist was anderes …«

Bea errötete. Lucía bewunderte das Durchhaltevermögen ihrer Freundin, die seit ihrem fünften Lebensjahr Geige spielte. Die Musik war ihr schon vertraut gewesen, bevor sie richtig Lesen lernte, und in ihrem Kurs an der Musikschule war sie die Beste.

»Jaja, unsere bescheidenen Künstlerinnen!«, foppte Frida sie.

Die beiden protestierten. Marta beschwerte sich, sie wolle endlich gemeinsam mit den anderen das Album anschauen, und es kehrte etwas Ruhe ein. Auf der nächsten Seite klebte ein Foto von den vieren vor einer Graffiti-Wand.

»Ein klasse Foto! Wir sind alle super getroffen, wenigstens sehe ich nicht wieder so aus, als hätte ich den Kopf in den Wolken«, meinte Bea.

Das Foto war am ersten Tag der letzten Sommerferien entstanden, nach ungefähr zwanzig Versuchen, zu denen sie einen Fremden genötigt hatten. Marta war mit ihrem Superprofil, wie sie es nannte, abgelichtet: die blonde Mähne zu einer Seite gekämmt und verführerisch in die Kamera blickend, sodass ihre schönen blauen Augen besonders zur Geltung kamen. Frida trug ausnahmsweise mal keinen Pferdeschwanz: Sie hatte sich gerade beim Friseur die Haare auf Schulterlänge stutzen lassen. Ihr Look war immer sportlich, und selbst wenn sie sich stylte, war immer ein Teil von Adidas oder Nike dabei. Bea mochte es flippig, sie trug eine blaue Bootcut-Jeans und ein weißes Shirt mit einem von einem Pfeil durchbohrten Herz. Auch wenn man die Socken auf dem Bild nicht sehen konnte, erinnerte sich Lucía noch gut daran, dass sie an dem Tag grün gewesen waren, wie Beas Augen. Lucía trug auf dem Foto ihren unverwechselbaren Jeansminirock, der ihre Beine länger wirken ließ. Trotzdem sah man aus meilenweiter Entfernung, dass sie die Kleinste war.

»Das gefällt mir. Man könnte uns für eine Girlgroup halten«, sagte Marta und blätterte weiter.

Auf der nächsten Seite befanden sich in Klein die Titelplakate einiger ihrer Lieblingsfilme: *Camp Rock, Drei Meter über dem Himmel, Die Tribute von Panem …* und auch welche von Harry Potter (obwohl ihre Begeisterung für den Zauberer inzwischen nachgelassen hatte). Dann kam eine Seite mit einzelnen Porträts: Lucía auf einem Tanzfestival im weißen Tutu mitten in einer Pirouette; Bea bei einem Violinkonzert, völlig auf ihre Partitur konzentriert; Frida mit ihrem Volleyballteam, als sie gerade vor Freude über einen Sieg in die Luft springt; Marta versunken in die Lektüre eines der dicken Wälzer, die sie so liebte.

Marta zog die Nase hoch, als würde sie jeden Moment losheulen. Frida wollte das verhindern, indem sie das Album zuklappte.

»Das siehst du dir wohl besser erst an, wenn du weg bist. Und vielleicht wirst du's ja irgendwann leid, immer wieder dieselben Fotos anzuschauen.«

»Frida!«, fuhr ihr Lucía in die Parade.

Frida machte ein Gesicht, als fühlte sie sich nicht angesprochen. Marta schnäuzte sich die Nase und sagte: »Genau! Lasst uns lieber über den Club sprechen.«

Das sahen die anderen auch so.

»Wir müssen uns Regeln ausdenken«, sagte Frida sofort. »Alle Clubs haben die. Beim Volleyball gibt es unzählige.«

Lucía erklärte sich bereit, alles aufzuschreiben, und holte ihr neues Tagebuch aus der Tasche. Sie nahm einen lila Kugelschreiber, und mit konzentriert herausgeschobener Zunge schrieb sie:

Die zehn goldenen Regeln des Clubs der roten Schuhe

Ja, es mussten zehn sein, das war eine bedeutende Zahl, man denke nur an die Zehn Gebote oder die zehn besten Filme des Jahres. Und golden, weil sie so wertvoll waren. Der Vorschlag wurde einstimmig angenommen, und sie überlegten fieberhaft, wie die Regeln aussehen könnten, mit denen sie ihre Freundschaft über Hunderte von Kilometern aufrechterhalten wollten.

Frida ergriff das Wort und verkündete Regel Nummer 1: »Wir trennen uns niemals von den roten Schuhen«, sagte sie.

Lucía notierte das in geschmeidiger Schönschrift, die Buchstaben so abgerundet, dass die Worte aussahen wie ineinander verschlungene Seidenraupen. Frida plapperte unterdessen munter drauflos. Die Schuhe mussten immer wieder ersetzt werden, sobald sie zu klein wurden oder kaputtgingen, ein Leben lang. Lucía fand das übertrieben, denn, mal ehrlich, wer trug denn mit siebzig noch solche Schuhe? Aber ihr blieb nicht mal Zeit, die Hand vom Blatt zu heben, weil Bea schon die nächste Regel nannte:

»Regel Nummer 2: Entfernung hin oder her, wenn eine von uns Hilfe braucht, kümmern wir uns um sie. Abgemacht?«

Klar! Das war die Grundlage von allem. Lucía war noch nicht fertig mit Schreiben, da klatschte Marta schon flink in die Hände, um die Aufmerksamkeit auf sich zu lenken.

»Regel Nummer 3: Keine Geheimnisse. Egal was ist, es wird es geteilt.«

Dem stimmten alle zu und versprachen, ihr auch im fernen Berlin weiter haarklein alles zu erzählen. Es sollte ein tägliches Update geben, und der Chat im Tuenti sollte immer offenbleiben, falls es etwas Wichtiges mitzuteilen gäbe.

Bea diktierte Regel Nummer 4: »Wenn eine von uns weinen muss, bieten wir ihr unsere Schulter zum Trösten an.«

»Immer geht's um Tränen. Und was ist mit dem Lachen? Wenn es was Lustiges zu erzählen gibt, sollen wir das dann für uns behalten?«

Bea und Frida fingen an zu diskutieren, wie wichtig es für eine jede von ihnen war, nicht nur das Schlechte, sondern auch das Gute miteinander zu teilen, denn ein Lachen war ebenso viel wert wie eine Träne oder eine Träne so viel wie ein Lachen. Oder war das der Name einer NGO? Keine Ahnung. Also lautete Regel Nummer 5: Niemals etwas zu tun, das den Zusammenhalt des Clubs gefährden könnte. Lucía hörte alles wie von Weitem und hatte das Gefühl, an der Aufstellung der Regeln keinen Anteil zu haben. Das versetzte sie in Panik, und sie rief laut: »Moment!!!«

Die Mädchen hielten inne und warteten ungeduldig, bis Lucía fertig geschrieben hatte. Bea kaute derweil an ihren Nägeln, und Frida ließ ihre Fingerknöchel knacken.

Lucía dachte über Regel Nummer 6 nach. Sie suchte an der Zimmerdecke, an der noch Kleberreste pappten, nach einer Antwort: »Wenn eine von uns in einen Jungen verliebt ist, ist er für die anderen tabu.«

Für den Vorschlag erntete sie Missfallen.

»Das ist doch Unsinn, keine von uns hat einen Freund«, maulte Frida.

»Und ich bin außen vor, das ist mein letzter Abend hier«, pflichtete ihr Marta bei.

»Denken wir uns doch was, hm, Realistischeres aus«, schlug Bea nachdenklich vor.

Lucía wusste, dass die anderen nur sauer waren, weil Eric, der coolste Junge der Schule, sich mit ihr unterhalten hatte und womöglich auch bald mit ihr ausgehen würde. Das war noch keiner von ihnen passiert.

»Aber ich bin für diese Regel«, protestierte sie und erinnerte die anderen daran, dass es sich um ein demokratisches Verfahren handelte, bei dem alle stimmberechtigt waren. Schließlich hatte sie auch die Regeln der anderen akzeptiert.

Am Ende ließen Frida, Bea und Marta sich breitschlagen, und Lucía trug triumphierend ihre Regel in das Tagebuch ein. Als sie fertig war, wartete Bea schon mit Regel Nummer 7 auf: »Mitglieder des Clubs werden nicht kritisiert, wenn sie selbst nicht anwesend sind, okay?«

»Gut, der Punkt ist in meinem Fall ja geklärt«, erwiderte Marta.

Lucía schrieb, und als die anderen anfingen wild durcheinanderzureden, hob sie die Hand, um sie zu stoppen: Am Morgen nach dem Duschen hatte sie die selbst geflochtenen Armbänder zu fest umgebunden, und von der ununterbrochenen Schreiberei war ihre Hand taub geworden. Es war doch keine so gute Idee gewesen, sich als Protokollführerin zu melden. Sie löste die Bänder, und als sich ihre Hand erholt hatte, wandte sie sich wieder ihrer Aufgabe zu.

Regel Nummer 8

»Kein Streit. Probleme kommen direkt auf den Tisch«, warf Marta ein, denn für sie war das direkte Gespräch mit den anderen künftig am schwierigsten.

Regel Nummer 9

»Und keine Lügen!«, fügte Frida hinzu. »Ihr wisst ja, Lügen haben kurze Beine.«

Lucía ging noch einmal alle Regeln durch, die sie notiert hatte, und stellte fest, dass nur noch eine fehlte, dann hatten sie die magische 10 erreicht.

»Nur noch eine, und die will gut überlegt sein.«

Die Mädchen sahen sich schweigend an. Wie sollte die letzte Regel lauten, mit der sich der Kreis schloss? Es war die letzte und damit wichtigste. Es war Frida, der das Richtige einfiel:

Alle waren einverstanden. Sie hatten schon so viel gemeinsam durchgestanden, da war Deutschland nur eine weitere Feuerprobe. Und auch die würden sie bestehen und für immer vereint bleiben.

Lucía legte das Tagebuch beiseite. Die Freundinnen fielen sich auf den Knien in die Arme und drückten sich wie nie zuvor. Selbst Frida, die immer die Starke gab, war mit von der Partie. Sie versprachen einander, die zehn goldenen Regeln einzuhalten, koste es, was es wolle.

Als Martas Mutter im Türrahmen erschien und ihnen mitteilte, dass ihre Eltern nach Hause fahren wollten, standen die Mädchen widerwillig auf. An den Händen gefasst gingen sie ins inzwischen schon fast leere Wohnzimmer. Die Nachbarn und Freunde waren alle verschwunden, nur die Eltern der Mädchen waren noch da. Sie verstanden nur zu gut, was in ihren Kindern vorging.

»Es wird Zeit«, bemerkte Frida, sogar ihr zitterte die Stimme.

Lucía spürte eine Beklemmung in der Brust, sie wollte nur noch weinen. Als die vier Freundinnen sich ansahen, brachen sie in Tränen aus. Sie klammerten sich aneinander, als wollten sie sich nie mehr loslassen.

Warum müssen wir Marta ziehen lassen?, dachte Lucía. Und wenn wir sie einfach nicht loslassen? Es kann uns ja keiner dazu zwingen. Doch die Eltern lösten vorsichtig das Knäuel und schoben die Mädchen zur Tür. Marta rief ihnen nach: »Es lebe der Club der roten Schuhe!«

Und alle erwiderten mit belegter Stimme: »Er lebe hoch!«

An der Haustür hörte Lucía noch einmal den Schlachtruf. Sie hob den Arm.

Auf der Fahrt nach Hause flossen die Tränen, auch beim Abendessen und auch später noch, als sie schon im Bett lag. Ihre Mutter zeigte Verständnis und bedrängte sie nicht, den Erbseneintopf zu essen oder ihr beim Tischabräumen zu helfen. Und so weinte sich Lucía in den Schlaf.

4

Schlimmer geht's nicht

Am Montag fing die Schule wieder an, das war nach den Ferien immer schwer, doch diesmal würde es besonders hart werden. Alles deutete darauf hin, dass dieser erste Tag in ihrem neuen Leben der düsterste des Jahres werden würde. Im Fernsehen, in der Zeitung, auf der Straße, überall wurde über die weltweite Krise gesprochen, und Lucía wurde klar, dass auch sie davon erfasst worden war: Marta war fort, und nun musste sie den Rest des Jahres und auch die folgenden ohne sie verbringen.

Als sie morgens in die Schule kam, fühlte sie sich, als hätte sie ein Bus überfahren.

»Guten Morgen, Lucía. Na, du siehst ja gar nicht gut aus. Stimmt was nicht?«, fragte die Elster, als sie ihr Lass-mich-bloß-in-Ruhe-Gesicht sah.

»Ich habe eine Freundin verloren«, erwiderte sie melodramatisch, ohne sich näher darüber auszulassen.

Die Lehrerin wusste genau, dass Marta weggezogen war, wollte sie sich jetzt obendrein auch noch über sie lustig machen?

An der Treppe traf sie auf Bea und Frida. Die hatten dasselbe Sieben-Tage-Regenwetter-Gesicht wie sie, aber das war ihnen wohl nicht bewusst.

»Du siehst ja schrecklich aus«, meinte Frida.

»Schau dich mal an!«, erwiderte Lucía. Schweigend gingen sie in den ersten Stock hinauf.

Im Erdgeschoss befanden sich der Empfang, das Lehrerzimmer, die Labore, die Werkräume und die Computerräume; darüber die Klassenzimmer der Mittelstufe, und im zweiten Stock die der Oberstufe sowie der Kunst- und Musikraum. Die Büros der Lehrer waren über die drei Stockwerke verteilt. Die Klassenräume der Kleinen, die Mensa, die Bibliothek, das Auditorium und die Sporthalle befanden sich in anderen Gebäuden.

Die Mädchen schleppten sich im Schneckentempo nach oben. Wenn einer der vielen Schüler, die in Horden an ihnen vorbeizogen, sie in dem Moment die Treppe runtergeschubst hätte, hätten sie sich einfach fallen lassen. Als sie völlig erschöpft im ersten Stock ankamen, als hätten sie gerade den Mount Everest bestiegen, bemerkte Lucía, dass Eric ♡ mit seinen Freunden direkt vor ihnen ging. Er war auf dem Weg in seine Klasse, und Lucía wollte ihm auf keinen Fall begegnen. Daher machte sie auf dem Absatz kehrt und huschte ein paar Stufen hinunter.

»Ich will nicht, dass er mich mit dieser Leichenbittermiene sieht«, gestand sie Frida, die wissen wollte, was sie da machte.

Eric hatte mittellanges, glattes, hellblondes Haar, das im Sommer nahezu weiß wurde. Seine Augen waren grün wie der Stein in dem Ring, den Großmutter Agustina ihr zu ihrem zehnten Geburtstag vererbt hatte, auch wenn er ihr noch viel zu groß war (sie hätte glatt zwei Finger hineinstecken können).

»Sehen seine Augen nicht aus wie Smaragde? Damit könnte er jeden hypnotisieren – das ist schon beängstigend«, flüsterte Bea. Es hörte sich an, als wäre sie ein wenig eifersüchtig, denn ihre Augen waren zwar auch grün, aber heller.

Lucía wusste, dass ihre Freundin ihre Gedanken gelesen hatte, deshalb störte sie der Kommentar nicht weiter. Smaragde hin oder her, Eric war perfekt, sie träumte von ihm, seit sie sich bei den Theaterproben für die Weihnachtsaufführung ein wenig nähergekommen waren.

Angefangen hatte alles, als die Elster die Rollen und Aufgaben unter den Schülern ihrer Stufe verteilte. Lucía hatte Glück, sie spielte den Geist der gegenwärtigen Weihnacht, eine wichtige Rolle, doch in den drei Klassen gab es so viele Schüler, dass einige sich damit begnügen mussten, das Bühnenbild zu basteln. Da Eric großes schauspielerisches Talent hatte, bekam er die Hauptrolle: Ebenezer Scrooge. Während der Proben stellte Lucía fest, dass sie ihn mochte. Wenn er sie ansah oder mit ihr sprach, hatte sie Schmetterlinge im Bauch, auch wenn es Teil des Stücks war. Und wenn er ihr, nachdem sie ihren Teil gespielt hatte, anerkennend auf die Schulter klopfte, erstarrte sie. Aber die Krönung war der Tag, an dem er ihr die Hand reichte, um ihr von der Bühne zu helfen: Sie hatte das Gefühl gehabt, jeden Moment in Ohnmacht zu fallen.

Am Tag des Schulfestes lief die Aufführung wie am Schnürchen, und am Ende trafen sie sich in dem Raum, der als Garderobe für die Mäntel diente. Sie waren ganz allein. Lucía hatte sich in der Umkleide schon abgeschminkt und das weiße Kostüm gegen ihre eng anliegende Jeans und einen schwarzen schulterfreien Pullover getauscht; die Haare trug sie offen, und sie fand sich ziemlich hübsch. Eric nahm seinen Mantel, kam zu ihr und sagte, sie habe den Geist der gegenwärtigen Weihnacht wunderbar gespielt, und sie erwiderte, er den Ebenezer Scrooge auch, und dann standen sie einander schweigend gegenüber. Lucía war, als hüpfte ihr das Herz aus dem Pullover, und sie hatte Angst, er könne es bemerken. Da meinte Eric, er müsse ihr etwas Wichtiges sagen, doch in dem Moment, GENAU IN DEM MOMENT platzte Jaime herein, Erics bester Freund. Er wollte mit ihm um die Ecke eine Pizza essen gehen. Als hätte er es gerochen! Eric verabschiedete sich und zog mit seinem Freund von dannen. Sie waren wie Pat und Patachon. Eric war ziemlich groß, Jaime eher klein (aber einige Mädchen fanden ihn gutaussehend). An dem Abend hatten sie sich zum letzten Mal gegenübergestanden. Und seitdem dachte Lucía ständig darüber nach, was Eric ihr wohl hatte sagen wollen, sie spielte alle Möglichkeiten durch: Vielleicht, dass er sie mochte und dass er mit ihr zusammen sein wollte, aber vielleicht brauchte er auch in irgendeinem Fach Nachhilfe, obwohl das ziemlich abwegig war, denn Lucía war nicht gerade das, was man eine Musterschülerin nennt.

Fridas Stimme holte sie auf den Boden der Tatsachen zurück. Eric und seine Freunde waren offenbar im Klassenraum verschwunden, und sie konnten weitergehen.

»Und du hast wirklich die ganzen Ferien nicht mit ihm gesprochen?«, fragte Frida voller Neugier.

»Nein. Ich glaube, er war mit seinen Eltern in Baqueira Skifahren«, erwiderte Lucía.

»Und warum hast du ihm nicht geschrieben, um ihn zu fragen, wie's ihm gefallen hat? Er ist doch auch bei Tuenti, das ist doch nicht schwer«, bohrte Frida weiter.

»Das sollte doch von ihm ausgehen, oder?«, maulte Lucía.

In Wahrheit ging sie andauernd auf sein Profil, um zu sehen, was er so an Fotos und Kommentaren – die wenig aussagekräftig waren – postete, aber zwischen Mitlesen und Ihn-Anschreiben war ein himmelweiter Unterschied.

»Wie soll er dir denn sagen, was so wichtig ist, wenn du ihm aus dem Weg gehst?«, legte Frida nach.

»Riiiiiiiiiiiiing.«

Die Klingel unterbrach das Gespräch, und die Mädchen eilten in ihre Klassen. Lucía ging mit Frida in die 7a, während man Bea in die c gesteckt hatte, in die auch Eric ging. Die Räume lagen einander gegenüber. Es war ihr erstes Jahr in getrennten Klassen. Sie hatten eine Weile gebraucht, um sich daran zu gewöhnen, aber mit der Zeit war es Lucía gar nicht mehr so fremd vorgekommen. Immerhin verbrachten sie die kleinen und großen Pausen miteinander und tauschten sich zur

Not über WhatsApp aus, sodass sich eigentlich nichts geändert hatte.

Lucía setzte sich an ihren Tisch und beobachtete, wie die Klassenkameraden hereinströmten. Alle schwärmten, wie genial die Ferien und Weihnachtsgeschenke gewesen waren. Es waren dreißig Schüler in der Klasse, und sie stellte fest, dass nur die Streber bereits vor ihren aufgeschlagenen Englischbüchern saßen, als könnten sie das Eintreffen des Lehrers kaum erwarten. Die Sonderlinge, die in den Pausen mit Steinen oder magischen Karten spielten (gab es etwas Langweiligeres?), saßen abseits. In der letzten Reihe am Rand saß Susana, die von allen »die Einsiedlerin« genannt wurde, weil man fast nichts über sie wusste. Sie war mitten im Halbjahr zu ihnen gestoßen und hatte mit niemandem Kontakt gesucht. Mit all den Piercings und den kurzen Haaren fiel sie aus dem Rahmen.

Kurz darauf drängte sich Marisa mit der gesträhnten braunen Mähne und den langen Beinen mitten durch die Menge: die Anführerin der Schnepfenfraktion (die waren so eingebildet, dass sie sich für die Schönsten hielten). Ihr Gefolge ging einen Schritt hinter ihr. Nachdem sie sich auf ihren Platz gesetzt hatte, warf sie Lucía mit ihren tiefschwarzen Augen einen fiesen Bick zu, nach dem Motto: »Siehst du? Alle wollen mit mir befreundet sein, und vor dir laufen sie davon.« Grrrrrrrr! Am liebsten hätte Lucía ihr in den Hintern getreten! Diese eingebildete Gans hatte sie anfangs umworben, aber sie hatte sie zurückgewiesen, und damit konnte Marisa nicht umgehen. Seitdem machte sie Lucía und ihren Freundinnen das Leben zur Hölle.

Wenn sie sich setzte, sah man ihren Po, denn ihr Plisseerock war der kürzeste der ganzen Schule. Zur Schnepfenfraktion gehörten die hübschesten und stylishsten Mädchen der Klasse (zumindest hielten sie sich dafür). Bei Ausflügen, wenn sie keine Schuluniform tragen mussten, waren ihre Klamotten immer die »chicsten« – oder zumindest die, die am meisten Aufsehen erregten. Während alle anderen bei Wanderungen im Gebirge Jeans trugen, erschienen sie mit Miniröcken und High Heels.

Dann kam Toni, der Muskelprotz. Gerüchten zufolge waren er und Marisa im vergangenen Sommer heimlich ein Paar gewesen, aber das wusste keiner so genau. Schon in der Grundschule hatte man beide in die erste Reihe gesetzt, um sie ständig im Blick zu haben, sonst hätten sie nur die Hälfte mitbekommen. Und jetzt, auf dem Gymnasium, erst recht: Sie fanden immer einen Vorwand, um sich mit Zettelchen und albernen Nachrichten abzulenken.

Lucía wäre nach einem kleinen Eklat im Spanischunterricht, der ihr einen Besuch bei der Direktorin eingebracht hatte, vor Kurzem auch fast nach vorne gesetzt worden. In der letzten Zeit fiel es ihr schwer, Ungerechtigkeit einfach hinzunehmen, und mehr als einmal musste sie sich die Faust in den Mund stecken, um nicht aufzumucken. Das und die Tatsache, dass ihre Noten nicht gerade überragend waren, führten dazu, dass mehr als ein Lehrer sie auf dem Kieker hatte.

Als die altmodische Mrs. Dalloway den Raum betrat – sie kam aus London, war stets dunkel gekleidet und sah mit ihren knöchellangen Röcken und dem strengen Dutt aus wie aus einem früheren Jahrhundert –, setzten sich alle, und es kehrte sofort Ruhe ein.

»Good morning«, stieß sie mit ihrer schrillen Stimme aus, die einem in den Ohren wehtat.

»Good morning«, antwortete die Klasse im Chor.

Ohne nachzufragen, wie die Ferien gewesen waren, schrieb Mrs. Dalloway die ersten Sätze an die Tafel, die sie abschreiben sollten. Doch Lucía war viel zu abgelenkt von den neuesten Ereignissen, um sich auf die Aufgabe konzentrieren zu können. Obwohl es bei Todesstrafe verboten war, holte sie ihr Handy aus der Tasche und versteckte es unter der marineblauen Strickjacke. Frida (die die Lehrerin in eine andere Ecke des Klassenraums gesetzt hatte) hatte sie beobachtet und tat das Gleiche. Und so fingen sie an, über die WhatsApp-Gruppe RS4E (Rote Schuhe 4ever) zu schreiben, auch wenn Marta nicht antworten konnte. Sie hatte in Deutschland noch keine Flatrate, und so beschränkten sich ihre Gespräche während der Schulstunden auf Notfälle.

Lucía schickte eine Nachricht an Bea, die ihr Handy mit Sicherheit griffbereit hatte, und sah, dass sie sofort online ging.

»Die ist wie ’ne englische Gouvernante «, beklagte sich Frida.

»Ich könnte in Mathe die Augen zumachen und würde genauso viel verstehen«, schrieb Bea.

»Mir geht’s mit Dalloway auch so «, scherzte Lucía. Auf dem Display tauchten Emojis von Frida und Bea auf.

»Und was ist nun mit Eric ?«, fragte Frida.

Frida ging ihr langsam echt auf den Keks; was ging es sie an, ob sie mit Eric sprach oder nicht?

»Ich sehe heute aus wie Jasper, der Blonde mit dem leidenden Gesichtsausdruck «, erwiderte sie. Und dann

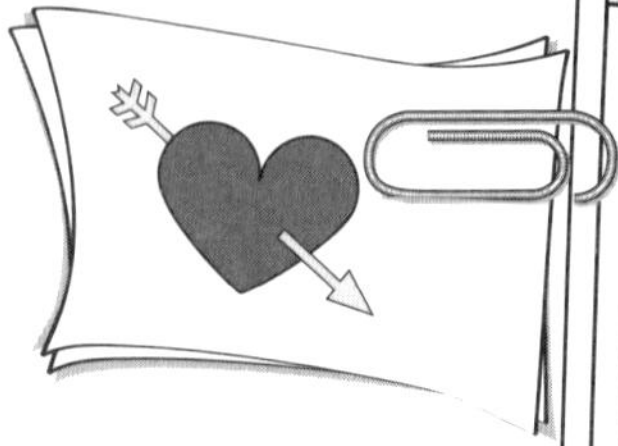

wechselte sie das Thema: »Was Marta wohl gerade für ein Fach hat?«

»Was auf Deutsch?«, erwiderte Bea.

»Haha, wie scharfsinnig«, bemerkte Frida.

Lucía musste sich ein Lächeln verkneifen; sie wa leichtert, dass Frida ihre Twilight-Anspielung kap hatte.

»Hallo«, schrieb sie, es war das einzige deutsche Wo das sie von Marta gelernt hatte.

Sie hatte Marta oft mit ihrer Mutter Deutsch reden hören, und die Sprache kam ihr ziemlich seltsam vor, als würden sie ständig streiten oder ausspucken oder beides gleichzeitig.

»Deutsch ist viel lustiger als Englisch! Schnarch«, schrieb Frida.

Allerdings, das konnte Lucía voll unterschreiben: Englisch war sterbenslangweilig. Sie blickte zu Mrs. Dalloway, um sich zu vergewissern, dass die sie nicht beobachtete. Die Tafel war schon fast voll mit englischen Sätzen, bei denen sie die Leerstellen ergänzen sollten. Jetzt musste sie sich aber ranhalten, bevor *the teacher* Fragen stellte und sie eiskalt erwischte.

»Wir reden später. Muah!«, verabschiedete sie sich.

Bevor sie das Handy wieder unauffällig in die Schublade ihres Pults schob, warf sie noch mal einen Blick auf das Foto, das Marta ihr am Tag zuvor geschickt hatte: Ein Bild von ihrem neuen Zimmer, vom Bett aus fotografiert. Im Vordergrund sah man Martas lange Beine mit den roten Chucks und weiter hinten, auf ihrem Schreibtisch, ein eingerahmtes Foto des Clubs von ihrem zwölften Geburtstag, auf dem sie alle vier herumblödeln. Lucía fragte sich den ganzen Morgen, was Marta wohl gerade machte und wie sie Eric den Rest des Tages aus dem Weg gehen könnte. Zum Glück bemerkte Mrs. Dalloway nichts davon.

5

Besser du isst es

Lucía wollte schon an der Essensausgabe herausfinden, ob Eric in der Mensa war. Mit ein wenig Glück war er schon fertig; sie hielt noch an ihrem Plan fest, ihn um jeden Preis zu meiden, bis ihr Gesicht wieder in altem Glanz erstrahlte. Sie stellte sich auf die Zehenspitzen und scannte den Raum, um seine blonde Mähne unter all den vielen Köpfen in dem Gewusel leichter zu erkennen. »Bitte, bitte«, flehte sie insgeheim.

Frida und Bea waren ebenfalls auf der Hut, falls er überraschend auftauchen sollte und sie sich rasch eine Notlösung überlegen müssten, um sich unbemerkt davonzuschleichen.

»Auf drei Uhr!«, verkündete Frida plötzlich, als wären sie beim Militär.

»Hilfe!!!«, entfuhr es Lucía. Sie musste sich auf die Zunge beißen, um nicht laut aufzuschreien.

In der Tat, da saß Eric ♡ mit dem Rücken zu ihnen beim Essen und plauderte mit seinen Freunden. Der Tisch befand sich am anderen Ende des Raums, und wenn sie es geschickt anstellten, würde er sie gar nicht bemerken. Vorsichtig schlichen die drei zu einem Tisch, der weit genug entfernt war. Eric bekam von alldem nichts mit.

»Uff«, seufzte Lucía, als sie den sicheren Hafen wohlbehalten erreicht hatten.

Sicherheitshalber setzte sie sich mit dem Rücken zu Eric. Doch da kam schon das nächste Problem: das Essen.

»Wie eklig! Die Linsen haben ja fast schon Wurzeln!«, sagte sie und rührte lustlos mit dem Löffel in dem randvoll gefüllten Teller herum. »Marta bekommt in ihrer neuen Schule bestimmt besseres Essen.«

Lucía machte ein Foto von dem Teller und schickte es per MMS an ihre Freundin. Dazu schrieb sie: »Vermisst du das auch?«

»Sei bloß still, ich muss mich sonst übergeben«, erwiderte Bea, die schon gelb im Gesicht wurde.

»Geh doch zum Fenster und kipp sie weg, wenn keiner hinsieht«, schlug Frida vor. Da wäre sie nicht die Erste.

Die Fenster der Mensa gingen auf den Innenhof hinaus, und in den Blumenkästen konnte man ideal Essensreste entsorgen. Doch die Aufsicht hatte schon mehrfach Schüler dabei erwischt und sie gezwungen, die Blumenkästen dann wieder sauber zu machen. Manchmal hatten die Übeltäter auch für mehrere Tage an den winzigen Tischen der Vorschüler sitzen müssen – vor aller Augen, zum Gespött der ganzen Schule. Lucía wusste also nur zu gut, dass man höllisch aufpassen musste und nur im Extremfall darauf zurückgreifen sollte. Linsen mit Wurzeln waren ein solcher Extremfall.

»Wünscht mir Glück, Mädels. Den Fraß esse ich nicht.« Lucía sah sich um wie ein Spion.

An dem Tag hatte Piep-Piep Aufsicht in der Mensa, eine Lehrerin der Oberstufe, die sehr schüchtern war und wie ein verletztes Vögelchen piepste, wenn sie sprach. Ihr eilte der Ruf voraus, dass sie es mit den Regeln nicht so genau nahm, also würde schon nichts passieren. Zudem unterhielt sie sich gerade am anderen Ende des Raumes mit einer der Köchinnen: Lucía hatte also freie Bahn.

»Gib mir Rückendeckung«, sagte sie zu Frida, man konnte ja nie wissen.

Lucía ging zwischen den Tischreihen entlang zum Eckfenster. Sie hatte gerade mit einer raschen Handbewegung die Linsen unauffällig weggekippt, da hörte sie über das konstante Gemurmel hinweg eine ihr wohlbekannte Stimme. Bekannter, als ihr lieb war: Marisa rief wie eine Geistesgestörte nach der Lehrerin. Plötzlich herrschte Totenstille, und Lucía hörte sie laut und deutlich sagen:

»Die Schülerin hat gerade ihr Essen weggeworfen!«

Alle Köpfe wandten sich zu ihr. Was für ein Albtraum! Wie peinlich! Wie versteinert stand Lucía mit dem leeren Teller vor dem Fenster. Sie sah, wie Eric sich das Lachen verkniff und etwas zu seinen Freunden sagte, die hochamüsiert waren. Sie konnte nichts machen, jetzt war alles vorbei: Sie war nicht nur auf frischer Tat ertappt worden, nein, Marisa hatte sie auch noch vor dem Menschen gedemütigt, der sie als Letzter so sehen sollte.

Die Lehrerin kam auf sie zu und forderte sie auf, sich einen neuen Teller Linsen zu holen und sich an einen der Tische der Vorschüler zu setzen. Wenigstens musste sie nicht die Suppe aus dem Blumenkasten fischen. Doch ihr war klar, dass sie den Raum erst verlassen konnte, wenn sie alles aufgegessen hatte. Während Lucía auf einem der winzigen Stühle Platz nahm und sah, wie die vorbeilaufenden Jungen und Mädchen unverhohlen lachten, war sie überzeugt, dass der erste Tag nach den Ferien nicht mehr schlimmer werden könnte.

»Denk an die Kinder in Afrika, die nichts zu essen haben«, lautete der wohlgemeinte Rat von Piep-Piep.

Wie hatte sie nur glauben können, die gehöre zu den Guten? Eine Duckmäuserin, das war sie!

Lucía atmete tief durch und tauchte den Löffel in die schauderhafte Brühe mit den schwimmenden Wurzeln. Von Weitem sah sie, dass Eric sein Tablett in die Geschirrrückgabe stellte, ohne sie weiter zu beachten. Die Chance, mit ihm zusammenzukommen, war unter den Linsen begraben. Sie war am Ende. Von Weitem versuchten die Freundinnen, ihr Mut zu machen. Frida faltete die Hände, um sich zu entschuldigen, doch sie traf keine Schuld, es war alles viel zu schnell gegangen. Marisa war diejenige, die sie verraten hatte, und Lucía hoffte, sich eines schönen – möglichst nicht mehr allzu fernen – Tages an ihr rächen zu können.

6

Eine echte Herausforderung

Das Bauchgrimmen wegen der Linsen ließ erst nach, als sie auf den Hof hinausging und ihre Freundinnen unter dem Olivenbaum sitzen sah, der ihnen als Zuflucht diente. Frida und Bea versuchten ihr Mut zu machen, indem sie ihr versicherten, dass sich am nächsten Tag keiner mehr an die Demütigung erinnern würde.

»Aber was wird Eric jetzt von mir denken?«, fragte Lucía und verdrehte die Augen.

»Dass du supertoll bist«, erwiderte Frida, ohne wirklich auf sie einzugehen, denn sie hatte die Angewohnheit, im Internet zu surfen, wenn sie mit ihren Freundinnen sprach.

Das brachte Lucía auf die Palme. Sie hatte das Gefühl, dass Frida ihr gar nicht zuhörte, und außerdem hatte sie selbst nur Zugriff auf WhatsApp, für mehr reichte ihr 3G nicht.

»Oh mein Gott! Das ist ja irre!«, unterbrach Frida ihre Gedanken.

»Was ist denn?«, fragte Lucía in Erwartung einer weiteren schlechten Nachricht, die ihr endgültig den Tag versauen würde.

Doch Frida begann seltsam mit Kopf und Armen zu zucken und trällerte: »It's showtiiiime! Showtime, yeaaah!«

Lucía sah sie verwirrt an, und Bea lachte. Das Gedankenlesen hatte seine Grenzen.

»Du bist doch völlig durchgeknallt. Was meinst du mit Showtime?«, fragte sie verstimmt. Sie hatte immer noch den faden Geschmack der Linsen im Mund. »Ein Wettbewerb von der *Bravo*! Den gewinnen wir, Babes«, erwiderte Frida ohne weitere Erklärung, als wäre es das Normalste von der Welt. Dann vertiefte sie sich wieder schweigend in ihr Handy, ohne sie weiter zu beachten.

»Wovon redest du?« Bea stupste sie an, damit sie endlich mit Informationen rausrückte.

Lucía und Bea versuchten einen Blick auf das Display zu erhaschen und stießen mit den Köpfen aneinander. Frida brach in schallendes Gelächter aus, während die anderen beiden sich ihre schmerzenden Beulen hielten.

»Das hat mir gerade noch gefehlt«, jammerte Lucía.

Am Ende taten sie Frida leid, und sie las ihnen vor, was auf dem Display stand.

»Weiter unten stehen die Teilnahmebedingungen.« Frida sah ihre Freundinnen erwartungsvoll an, ohne mit der Wimper zu zucken.

»Wir sollen nach Berlin? Nach Deutschland?«, fragte Bea unsicher.

»Korrekt!«, rief Frida. »Den Wettbewerb gewinnen wir mit links und wir verbringen Ostern mit Marta.«

Lucía spürte, wie sich ihre schlechte Laune in Luft auflöste. Die Aussicht, Marta besuchen zu können, versetzte sie in Euphorie. Würden sie ihre Freundin tatsächlich in ein paar Wochen wiedersehen?

»Ich bin dabei!«, rief sie freudig, der Tag hellte sich endlich ein wenig auf.

»Aber es werden eine Menge Leute mitmachen, da ist es nicht so einfach zu gewinnen«, gab Bea zu bedenken.

»Wer nicht wagt, der nicht gewinnt«, erwiderte Lucía, die sich auf keinen Fall die Chance entgehen lassen wollte, nur weil Bea wieder mal schwarzsah.

Manchmal brauchte Bea einen kleinen Schubs. Wie damals, als sie in eine Disco gehen wollten, in die man eigentlich erst ab vierzehn reinkommt. Sie wussten, was ihnen blühte, wenn der Gorilla am Eingang sie erwischte. Aber sie wollten unbedingt wissen, wo Marisa und die Schnepfenfraktion die Samstagabende in ihren Bershka-Kleidchen verbrachten (aus ebendiesem Grund hatten sie sie verfolgt). Nicht so Bea. Als sie schon fast am Eingang waren, wurde sie plötzlich bockig und sagte, sie würde verschwinden. Am Ende war es ihnen gelungen, sie zu überzeugen, und sie waren hineingegangen. Sie hatten ein paarmal getanzt und dann war es Bea, die kein Ende fand!

»Marta wird HIN UND WEG SEIN«, beteuerte Frida, für die das Ganze schon ausgemachte Sache war.

»Lasst mich außen vor, ich kann das nicht«, wehrte Bea ab.

»Hallo, es geht hier um Marta, ist dir das egal?«, meinte Frida gereizt.

»Ich bitte euch, natürlich ist mir das nicht egal!«, sagte Bea. »Aber ich habe zwei linke Füße und würde euch die ganze Choreografie kaputtmachen. Außerdem, wenn ich falle und mich an der Hand verletze, war's das mit dem Geigespielen.«

»Mach dich nicht verrückt. Wir denken uns was aus, das nicht besonders schwierig und auch nicht gefährlich ist«, beruhigte Lucía sie. »Wir bringen dir die Schritte schon bei, und das Ziel ist doch die Mühe wert, oder? Außerdem, wenn du groß denkst, wirst du auch Großes erreichen.« Das sagte ihr Vater gern, der immer einen originellen Spruch auf Lager hatte, wenn mal wieder Lernen angesagt war.

»Ich hab doch gar keine Ahnung, wie man so was macht«, erwiderte Bea.

»Ich doch auch nicht. Aber gemeinsam schaffen wir das«, verkündete Lucía strahlend.

Am Ende ließ sich Bea überzeugen und nickte zaghaft.

»Jaaa!!! Das wird fantastisch!!!« Lucía grinste über das

ganze Gesicht, und Frida feierte den Sinneswandel mit Siegesgebrüll, das keinen Inhalt hatte und dennoch viel sagte.

Frida leitete die Ankündigung an Marta weiter, damit auch sie sich mit dem Gedanken anfreunden konnte.

»Jetzt fehlt nur noch eins … genau genommen zwei!«, rief Frida. Sie hielt kurz die Luft an, bevor sie die Bombe platzen ließ. »Wir brauchen ein Fünfer-Team.«

»Seht ihr? Das ist nichts für uns«, sagte Bea sofort.

»Es gibt 'ne Menge toller Mädchen«, sagte Frida, um ihr den Wind aus den Segeln zu nehmen.

Und als Beispiel führte sie Raquel an, die Kapitänin ihrer Volleyballmannschaft. Aber sie war sicher, dass es noch unzählige andere Kandidatinnen gäbe. Wer würde nicht gern zu einem Konzert von Justin Bieber nach Berlin fahren? Das war völlig irre! Niemand würde es sich entgehen lassen, an diesem Wettbewerb teilzunehmen. Niemand außer Bea, die immer alles viel komplizierter machte, als es war.

»Und wenn wir ein Casting veranstalten?«, schlug Lucía vor. Sie kannte sich in solchen Dingen bestens aus, denn ihre Mutter arbeitete für eine große Werbeagentur.

Sie sah, wie Beas Gesichtsausdruck sich veränderte, und nutzte dies, um sie davon zu überzeugen, dass sie so die Mädchen auswählen konnten, die am besten zu ihnen passten. Von allen Bewerberinnen, und das wären bestimmt nicht wenige, würden sie diejenigen aussuchen, die ihren Anforderungen genügten.

Schließlich stimmte Bea zu, und sie kamen überein, gleich am nächsten Tag mit der Planung für das Casting zu beginnen, denn die Frist zur Einsendung des Videos endete am 7. März, genau in zwei Monaten. Lucía war ganz angetan von dem Plan. Auf dem Weg zum Unterricht dachte sie, sollten sie den Wettbewerb tatsächlich gewinnen, wäre das bestimmt ein unvergessliches Erlebnis.

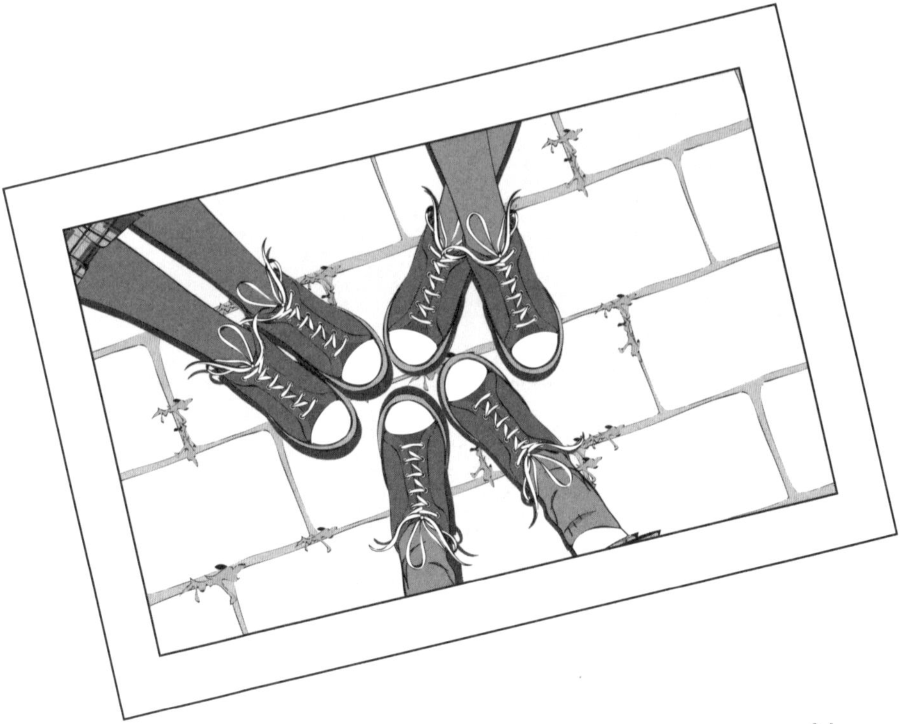

Von: Marta (diepoetinmarta@hotmail.com)

An: Lucía (let'sdance@hotmail.com),

Frida (upwithFrida@hotmail.com),

Bea (doremi@hotmail.com)

Betreff: Ich hab meinen Platz

Anhang: Tisch.jpg

Hallo Mädels,

ich möchte euch meinen neuen Tisch vorstellen. Er hat keine Streifen, ich glaube, hier ist das nicht üblich. Aber seht ihr, was darunter hervorschaut? Ja, genau, die roten Schuhe. Ich trage sie im Unterricht. HIER KANN ICH ANZIEHEN, WAS ICH WILL! Ich kann das mit dem Wettbewerb immer noch kaum glauben. Ihr müsst gewinnen, egal wie! Ich halte euch auf dem Laufenden,

Miss u

RS4E

7

Ein Superplan!

Der nächste Schultag zog an Lucía vorbei: neue Themen in allen Fächern, die für sie böhmische Dörfer waren, und eine mündliche Prüfung in Naturwissenschaften am nächsten Morgen, für die sie sich abends noch vorbereiten musste. Zum Glück hatte die Schule erst vor zwei Tagen begonnen! Den Nachmittag würde sie zur Hälfte bei Frida verbringen, weil sie das Casting planen wollten, und zur Hälfte in der Tanzschule, dort hatte sie dienstags immer ihre Ballettstunde. Seit fünf Jahren nahm sie Ballettunterricht. Anfangs hatte sie es nur ihrer Mutter zuliebe gemacht (die eine verhinderte Ballerina war), aber am Ende hatte sie sich fürs Ballett so begeistert wie für das Zeichnen. Über eine Bühne zu schweben, Pirouetten auf den Fußspitzen zu drehen und dabei die Arme zu öffnen und zu schließen war für sie wie fliegen.

Die einzige Freude am Vormittag war die Feststellung,

dass Eric sie nach der Blamage am Tag zuvor wenigstens eines Grußes für würdig befand. Lucía war ihm und seinen Freunden auf den Weg in den Pausenhof begegnet. Alles geschah wie in Zeitlupe. Sie wollte eigentlich so tun, als ob sie ihn nicht sähe, weil sie befürchtete, wenn sie ihn grüßte, würde er sie einfach ignorieren. Doch kaum hatte er sie bemerkt, sagte er im Vorbeigehen »Hallo, Lucía«, als wäre nichts geschehen. Lucía war wie gelähmt, am Ende wusste sie nicht mal, ob jetzt sie ihm die Antwort schuldig geblieben war.

Als es am Ende der letzten Stunde klingelte, stürmten sie und ihre Freundinnen zum Ausgang, weil sie ein cooles Foto für Marta machen wollten: Sie tauschten die Schuhe der Schuluniform gegen die roten Chucks, die sie den Tag über in ihren Rucksäcken aufbewahrt hatten. Aber genau in dem Moment erschien die Elster in der Tür und verabschiedete die Erstklässler, die an der Hand ihrer Mütter oder Großeltern davonmarschierten. Als sie die roten Chucks an ihnen sah, die das harmonische weiß-blaue Schulensemble störten, das sichtbare Zeichen ihrer Gehorsamsverweigerung und der Untergrabung ihrer Autorität, machte sie ein Gesicht, das Lucía nie vergessen würde: Schlitzaugen, offen stehen-

der Mund und feuerrote Wangen. Sie kam auf sie zu und zischelte, damit die Eltern um sie herum sie nicht hören konnten: »Wenn ihr nicht sofort die blauen Schuhe anzieht, könnt ihr morgen den ganzen Tag barfuß laufen.«

Und so blieb ihnen nichts anderes übrig, als die verhassten Schuhe wieder anzuziehen, aber nicht ohne vorher noch ein Foto von ihren Füßen zu machen. Lucía wollte ihr sagen, dass die Schule zu Ende war und sie tun und lassen konnten, was sie wollten, doch die roten Äderchen in den Augen der Elster sagten ihr, dass das keine gute Idee war.

Die ganze Fahrt im Bus lachten sie sich über den Auftritt kaputt, und als sie bei Frida zu Hause ankamen, konnten sie nichts essen, so sehr taten ihnen die Bäuche weh.

Als sie Fridas Zimmer betraten, trafen sie auf Dani, ihren Zwillingsbruder, der gerade in den Schubladen ihres Schreibtischs wühlte.

»Was fällt dir ein, einfach in mein Zimmer zu gehen?! Du weißt genau, ich kann dir locker den Hintern versohlen!«, schrie sie wie eine Furie.

»Wohl kaum. Meine Arme sind aus Stahl, mit deinen kannst du höchstens Bälle bei deinem heißgeliebten Memmensport werfen.«

»Verschwinde, du Fettsack!«

Frida und Dani waren wie Katz und Hund, und ihre Eltern hatten gut daran getan, sie auf unterschiedliche Schulen zu schicken. Lucía erstaunte es immer wieder, dass die beiden am selben Tag geboren worden waren, aber überhaupt nichts gemein hatten. Dani war rund wie eine Frühlingsrolle, Frida hingegen dünn und voller Energie wie Cornflakes.

Frida wetterte noch eine Weile gegen ihren Bruder und vergewisserte sich, dass er nicht einfach ihren MP3-Player oder eine CD genommen hatte, dann warf sie sich aufs Bett. Sogleich gesellte sich Ricky, die französische Bulldogge, zu ihnen, und Frida half ihr aufs Bett, wo sie sich einrollte und schlief.

Als sie sich endlich auf ihr Projekt konzentrieren konnten, überlegten sie als Erstes, wie das Plakat aussehen sollte, das sie aushängen wollten, um für

das Casting zu werben. Es war wichtig, dass sie sich nicht lächerlich machten, aber es sollte schon das Interesse der Mädchen ihrer Jahrgangstufe wecken. Es stand viel auf dem Spiel. Sie hatte schon mehr als einmal mitbekommen, wie ein Plakat an der Schule Aufsehen erregt hatte, aber nicht unbedingt im positiven Sinn. Zum Beispiel damals, als Felipe, ein Schüler der 7b, einen Aushang gemacht hatte, auf dem er Leute für eine Lerngruppe zur Prüfungsvorbereitung suchte: Darauf stand seine Telefonnummer und darunter »Bitte nur ernst gemeinte Anrufe«. Toni und seine Kumpane hatten sich königlich amüsiert und den Aushang mit dreckigen Witzen und geschmacklosen Zeichnungen versehen. Der arme Felipe hatte über Wochen verstörende Anrufe von Leuten erhalten, die an allem Möglichen interessiert waren, bloß nicht an der Lerngruppe.

»Wir denken uns einen tollen Slogan aus«, sagte Lucía mit einem Blick in ihr Tagebuch, in das sie schon ein paar Sachen gekritzelt hatte.

»Tanz dich mit uns an die Spitze, oder so was«, schlug Frida vor.

»Und wenn wir es im Stil der Animateure machen? ›Gib mir ein *B*, gibt mir ein *R*, gib mir ein *A*, gib mir ein *V*, gib mir ein *O*.‹« Doch Lucía wurde schnell klar, dass das viel zu lang war.

»Gewinne eine Reise nach Berlin mit den Besten!«, meinte Frida. »Das ist wenigstens kurz und knackig.«

»Und was ist mit dem Konzert? Und dem Tanzvideo?«, protestierte Bea.

»Na: Du kannst tanzen, und du stehst auf Justin Bieber? Dann ruf an.«

»Hört sich an wie eine Kontaktanzeige«, maulte Lucía.

Das Thema gab einiges her, und sie verbrachten den halben Nachmittag damit, sich auf die Anforderungen zu einigen: Es sollte ein Mädchen aus ihrem Jahrgang sein und tanzen müsste es können.

Nach vielen unbrauchbaren Vorschlägen stand Bea auf und trällerte wie Catherine Zeta-Jones in *Chicago*:

»Aus der 7., weiblich und eine gute Tänzerin?
Ruf an und mach mit beim *Bravo*-Wettbewerb.«

Lucía und Frida sahen sich perplex an: Bea als Musical-Heldin! Sie pfiffen und klatschten wie ein begeistertes Publikum. Das war der perfekte Satz! Die Reise brauchte man nicht zu erwähnen, denn jeder, der die *Bravo* las (also alle), wusste von dem Wettbewerb.

Lucía schrieb den Satz in ihr Tagebuch und umrahmte ihn mit einer Zeichnung, um ihre künstlerische Handschrift in Gestalt von Ballettschuhen und ein paar Musiknoten zu hinterlassen.

»Wir sollten ein Foto machen und es Marta schicken, mal sehen, was sie dazu sagt«, meinte Bea. »Ich kann nicht, meine Mutter hat sich mein Handy ausgeliehen, ihres ist ihr in die Toilette gefallen.«

»Mädels, wir müssen eine Telefonnummer dazuschreiben«, verkündete Lucía, nachdem sie das Foto versendet hatte. »Sonst kann ja keiner anrufen.«

Sie schlug vor, Fridas Nummer anzugeben, es sei ihre Idee und sie sei eine Quasselstrippe.

»Ich bin keine Quasselstrippe!«, protestierte Frida.

»Schlimmer!«, meinte Lucía.

»Na schön, nehmen wir meine Telefonnummer, und ich spiele die Sekretärin, aber nur, wenn du die Choreografie übernimmst.«

»Sehr gern«, erwiderte Lucía. »Aber den Song wählen wir gemeinsam aus, wenn die Gruppe steht.«

Die anderen nickten, als wäre es das Selbstverständlichste von der Welt. Der Demokratiegedanke stand im Vordergrund.

»Aber mach's nicht so kompliziert, du weißt ja …«, flehte Bea.

»Ja, genau, nicht zu kompliziert und ohne viele Drehungen. Bei deinen Auftritten bewegt ihr euch ja alle so …«, ergänzte Frida. Sie stand auf, hob die Arme über den Kopf und begann sich wie ein Kreisel zu drehen.

»Haha, sehr witzig!«, sagte Lucía spitz.

Ricky, der den ganzen Nachmittag geschlafen hatte, wachte auf, tanzte um sein Frauchen herum und versuchte ihm in die Waden zu beißen. Lucía legte ihr Tagebuch beiseite und stürzte sich auf Frida, die immer weiter miserable Pirouetten durchs Zimmer drehte. Dabei wich sie geschickt den Hindernissen aus (einem riesigen Wäscheberg und sich auftürmenden Schuhen).

Lucía warf Frida zu Boden und kitzelte sie, während Frida sie mit dem Finger pikste und Elfe nannte. Bea warf sich dazwischen und mit heiserem Gebell auch Ricky, weil er sein Frauchen verteidigen wollte. Und Lucía dachte, dass das Jahr vielleicht doch nicht so schlecht werden würde. Marta fehlte, aber mit etwas Glück wären sie bald wieder vereint.

8

Nachhilfelehrer

»Das ist doch die Höhe! Jetzt belügst du mich auch noch! Das hätte ich nicht von dir gedacht!«, keifte María, Lucías Mutter.

»Ich habe dich nicht belogen, ich hab's dir nur nicht erzählt. Und was kann ich dafür, wenn ich Schuhe mit Absatz geschenkt bekomme!«, protestierte sie.

Am Dreikönigstag hatte sie die High Heels doch mitgenommen und sie gut versteckt. Doch wahrscheinlich war ihr unterbelichteter Vater auf die glorreiche Idee gekommen, ihre Mutter bei einem Gespräch zu fragen, ob sie ihr gefielen, und sie hatte das Versteck sofort entdeckt. Ihre Reaktion war allerdings heftiger ausgefallen, als Lucía erwartet hatte, aber wie für alles gab es auch dafür eine Erklärung.

Im Dezember hatten ihre Eltern pünktlich die Noten für das erste Halbjahr zu Gesicht bekommen, und ihre waren nicht besonders gut ausgefallen. Ihre Mutter war diejenige, die ihr Feuer unterm Hintern machte, und ihr Weihnachtsgeschenk war dementsprechend »klein« ausgefallen. Als sie bemerkte, dass ihr Vater dieses nicht unwesentliche Detail außer Acht gelassen und sie mit »Bildern, Tagebüchern, und elektronischem Spielzeug« überschüttet hatte, wie sie sich ausdrückte, war ihr das übel aufgestoßen.

»Als hätten die schlechten Noten als Überraschung nicht schon gereicht«, giftete ihre Mutter weiter und hob die Schuhe in die Luft, als wären sie der Beweis für ein schweres Vergehen.

»Aber Mama, was haben die Schuhe denn mit meinen Noten zu tun?«

»Das werden wir noch sehen. Sonst werden wir für dich einen Nachhilfelehrer suchen, ob es dir passt oder nicht«, verkündete ihre Mutter und rauschte davon.

EINEN NACHHILFELEHRER??? Hatte sie richtig gehört? Das ist doch was für Zurückgebliebene, hatte sie sagen wollen. Einen Nachhilfelehrer hatten in ihrer Klasse nur diejenigen, die auf ganzer Linie versagten, und so schlecht war sie nun auch wieder nicht. Es war einfach nur so, dass ihr Talent nicht in Mathe oder Sozialkunde lag, sie hatte eine Künstlerseele! Wenn jetzt jede Woche ein Nachhilfelehrer zu ihr kam, würde sie sich wie eine Loserin vorkommen. Sie wollte sich gar nicht vorstellen, wie Marisa reagierte, wenn sie davon erfuhr.

Da hörte sie ein Bing vom Computer und sah, dass Marta über Tuenti geschrieben hatte. Nur zwei Worte: »CODE RED«. Blitzschnell flog ihre Hand über die Tastatur, um zu fragen, was los sei. Frida und Bea klinkten sich Sekunden später ein.

»Ich bin die Newcomerin.«

»??????«, schrieb Lucía.

»Was ist das?«, fragte Bea.

»«, ergänzte Frida.

»Die Neue «, erklärte Marta.

Das erinnerte Lucía an einen Sommer, den sie mit ihrer Mutter in einem kleinen Bergdorf verbracht hatte, wo sie niemanden kannte. Den ganzen August über war sie allein gewesen und hatte sich gelangweilt. Nach der Rückkehr hatte sie ihre Mutter bei der Bibel und allem, was ihr heilig war, schwören lassen, dass sie sie nie mehr dorthin verschleppen würde, sonst wäre sie nicht mehr länger ihre Tochter. Das Gefühl, die Neue zu sein, war ätzend.

»Vollidioten«, schimpfte Frida.

»Genau«, schrieb Bea.

»Die werden uns kennenlernen«, meinte Lucía.

»Wie laufen die Vorbereitungen? Ihr müsst gewinnen!«, bekniete sie Marta mit drei traurigen Emojis.

Lucía stellte fest, dass Marta in Sachen Wettbewerb noch gar nicht auf dem neuesten Stand war, und gemeinsam berichteten sie ihr, was sich inzwischen getan hatte. Das würde sie ein wenig von ihren Problemen ablenken. Zu dritt hatten sie die Plakate in auffälligen Farben in der Schule aufgehängt. Es war Lucías Vorschlag gewesen, Papier in gelb, blau, violett und orange zu verwenden, damit sie auf den langweiligen Schwarzen Brettern richtig ins Auge stachen.

»Das nennt man Marketing, Mädels«, hatte sie den anderen stolz erklärt.

Bea hatte zu Hause haufenweise Kopien gemacht, und sie hatten mit dem Tacker bewaffnet die meistbesuchten Plätze abgeklappert, um die Zettel anzubringen: die Sporthalle, den Eingangsbereich, den Computerraum, die Toiletten … Bei ihrem Abenteuer auf den Fluren waren sie bedauerlicherweise Marisa und der Schnepfenfraktion begegnet.

»Was wollt ihr denn mit all den Zetteln?«, hatte Marisa

gleich gefragt und Bea einen blauen aus der Hand gerissen.

Frida wäre ihr beinahe wie eine Raubkatze an die Kehle gegangen, doch da hatte Lucía schon gekontert: »Was geht dich das an?«

»Du hast recht, es interessiert mich nicht die Bohne, Dummerchen«, erwiderte Marisa.

Die beiden Mädchen, die sie begleiteten, lachten wie Hyänen. Obwohl sie unterschiedlich aussahen und verschiedene Frisuren hatten, kamen sie Lucía mit den geschminkten Gesichtern und der geschniegelten Uniform wie geklont vor.

»Ist noch was oder willst du hier noch länger deine und unsere Zeit vergeuden?«, fragte Frida ungeduldig, als sie keine Anstalten machten zu verschwinden.

Da setzte Marisa ein Gesicht auf, dass es Lucía eiskalt den Rücken herunterlief. »Ein kleiner Rat: Ihr solltet bei dem Wettbewerb nicht antreten, es sei denn, ihr wollt euch neben uns lächerlich machen.«

Die anderen beiden hinter ihr nickten, als wollten sie sich selbst bestätigen.

Diese Info traf Lucía wie ein Blitz aus heiterem Himmel, aber sie versuchte es zu überspielen, so gut sie konnte. »Das glaubst auch nur du«, brachte sie gerade noch ohne Stottern heraus. Das war knapp.

»Außerdem haben wir eine professionelle Choreografie, also bereitet euch darauf vor, dass ihr verliert«, unterstützte sie Frida.

»Das werden wir ja sehen«, erwiderte Marisa kampflustig.

Dann zog sie von dannen, als liefe sie über einen Laufsteg; die anderen Schnepfen folgten ihr in gebührendem Abstand. Marisa zerknüllte im Gehen das Blatt, warf es auf den Boden und trampelte noch einmal drauf. Als wäre es nicht schon längst zerstört.

»Du hättest unsere Gesichter sehen sollen«, schrieb Lucía an Marta.

Die Nachricht hatte ihnen den Tag verdorben. Sie waren nicht blöd: Es würde härter werden als gedacht.

»Wir machen sie fertig«, ergänzte Lucía noch, damit Marta sich nicht unnötig Sorgen machte. Den Wettbewerb zu gewinnen war nicht nur eine Option. Es war eine Pflicht.

»Lucíaaaaaaa!«, rief ihre Mutter durch die Tür.

»Die Hexe ruft. Wir reden morgen«, verabschiedete sich Lucía von ihren Freundinnen. Sie mussten Marta klarmachen, dass sie lediglich ein paar Quadrate auf der Landkarte trennten. Sie würden am nächsten Tag da sein und auch am übernächsten, für immer.

Lucía befürchtete, dass ihre Mutter beim Essen die

Predigt von vorhin fortsetzen würde. Wie nervtötend! Doch als sie ins Esszimmer kam, saß José María am Tisch und sah sie liebevoll durch seine dicken Brillengläser an.

»Alles okay, sie hat sich schon wieder eingekriegt.«

Sie mochte José María. Er war ein zurückhaltender Mann, der nie laut wurde, das völlige Gegenteil von ihrer Mutter. Vielleicht verstanden sie sich deswegen so gut: Sie tobte und er schwieg. Lucía fragte sich, woher ihre Mutter diese aufbrausende Art hatte, Großmutter Agustina war ein Sonnenschein. Wenn sie da war, schrie ihre Mutter nie, und deshalb freute sich Lucía immer, wenn sie zu Besuch kam.

Beruhigt setzte sie sich auf ihren Platz und dankte José María, dass er ihr geholfen hatte: Während des Abendessens waren die Schuhe kein Thema mehr und vor allem auch der leidige NACHHILFELEHRER nicht.

An diesem Abend ging Lucía trotz der Massen an Cremespeise aus José Marías Restaurant, die sie verdrückt hatte, mit einem bitteren Geschmack im Mund ins Bett, weil sie wusste, dass es Marta nicht gut ging. Sie mussten ihr helfen, egal wie! Würden sie doch den Wettbewerb gewinnen und sie ein paar Tage sehen! Bevor sie einschlief, dachte sie sich ein paar Schrittkombinationen aus, mit denen sie sich den Sieg ertanzen und bald bei ihrer Freundin sein konnten.

Von: Marta (diepoetinmarta@hotmail.com)

An: Frida (upwithFrida@hotmail.com),

Lucía (let'sdance@hotmail.com),

Bea (doremi@hotmail.com)

Betreff: Prophetische Träume

Anhang: Stiefel.jpg

Hallo ihr drei!

Heute bin ich *total happy* aufgestanden, weil ich geträumt habe, dass ihr mich Ostern besuchen kommt. Aber es regnet (seltsamerweise), deshalb …

Schaut mal! Hier gibt es ja keinen Dreikönigstag, und ich kam hier mitten in den Schlussverkauf, da habe ich mir ein paar Gummistiefel gekauft. Für die nassen Zeiten, in denen ich unsere geliebten Chucks nicht tragen kann. Erinnert ihr euch daran, wie Frida mit dem Volleyball Kunststücke auf der Straße gemacht hat und in die Pfütze gefallen ist? Hihihi. Mit den Stiefeln wäre nichts passiert.

Miss u, Mädels

RS4E

9

Ich brauche eure Hilfe

Am Donnerstagnachmittag wollte ihr Vater Lucía von der Schule abholen und mit ihr bei ihrem Lieblingschinesen essen gehen. Lorena würde mit Aitana, die sich einen Virus eingefangen hatte, zu Hause bleiben. Lucía dachte den ganzen Donnerstag darüber nach, wie sie ihren Vater geschickt dazu bringen könnte, dass auch er von der Idee mit dem NACHHILFELEHRER Abstand nahm. Ein Schmollmund, ein freundliches Lächeln und die Sache war geritzt! Er konnte ihr nichts abschlagen.

Sie hätte nicht im Traum daran gedacht, dass er AUSGERECHNET bei diesem Thema ihrer Mutter nicht widersprechen wollte.

»Und du willst wirklich tun, was sie sagt?«, fragte Lucía, vor sich einen Teller mit gebratenen Nudeln.

»Lucia, wenn du dich auf den Hosenboden setzt und lernst, wirst du keinen brauchen«, erwiderte er ernst.

»Aber Mama ist doch nie zufrieden.« Sie setzte ihre Leidensmiene auf.

»Du weißt genau, dass das nicht wahr ist.«

»Bitte, Papaaaa, du musst sie überzeugen!« Da half nur noch Bitten und Betteln. »Das kannst nur du!«

»Ja, wenn meine Noten besser werden. Als wenn das so einfach wäre. Du hast ja keine Ahnung!«

»Ohne Fleiß kein Preis.« Er brachte wieder einen seiner Sprüche.

Lucía fühlte sich von ihrem Vater im Stich gelassen.

Dennoch nahm sie sich am nächsten Tag vor, den Ratschlag ihres Vaters zu beherzigen, auch wenn schon Freitag war und die Woche sich dem Ende zuneigte. Sie würde sich am

Riemen reißen und im Unterricht nicht vor sich hin träumen. Stundenlang dazusitzen und an irgendwelchen Blödsinn zu denken, während die Worte des Lehrers vorbeirauschten, das war endgültig passé.

Aber bei Mathe half ihr alle Willenskraft nichts. Der Dickschädel, wie sie den Lehrer nannten, hatte sie an die Tafel gerufen. Sie stand davor und starrte immer wieder auf die Zahlen. Sie wusste nicht mehr, wie oft sie das Ergebnis der Aufgabe hingeschrieben und wieder weggewischt hatte. Ihre Hand war weißer als das Stück Kreide in ihrer Hand. Und der Lehrer ließ nicht locker.

»Lucía, du musst besser aufpassen. Setz dich«, sagte er schließlich, nachdem er die nächste Schülerin an die Tafel gerufen hatte: Die Einsiedlerin Susana, das Mathegenie.

»Na toll«, murmelte Lucía.

Sie musste lauter gesprochen haben, als sie dachte, denn der Dickkopf sagte: »Was sagst du?«

Worauf sie erwiderte: »Ich? Nichts.«

Lucía presste die Lippen zusammen und sah, dass Frida ihr den erhobenen Daumen zeigte, um sie aufzumuntern. Es war jedoch gar nicht hilfreich, dass Susana, die Besserwisserin, locker alle Aufgaben löste, an denen sie kläglich gescheitert war. Schrecklich.

Lucía verbrachte den Rest der Stunde damit, Zahlen in ihr Heft zu schreiben, die ihr absolut nichts sagten. Um dem Frust entgegenzuwirken, griff sie doch wieder auf die bewährte Tagträumerei zurück. Sie war in Gedanken ganz bei dem Wettbewerb, den sie unbedingt gewinnen wollte. Seit sie vor zwei Tagen die Aushänge gemacht hatten, stand das Telefon nicht still, und Frida beklagte sich, dass sie zu nichts mehr kam. Sie sagte, ihr rauche schon der Kopf. Man könnte meinen, sie hätten auf der Titelseite von *In Touch* annonciert!

Der Gong holte sie in die wenig erfreuliche Wirklichkeit zurück.

»VERSAGERIN!«

hörte Lucia jemanden rufen. Es war Marisa. Wer sonst.

Sie hatte keine Chance, etwas darauf zu erwidern, denn Marisa, die feige Trulla, war längst durch die Tür verschwunden.

Lucía nahm ihr Frühstück und ihren Mantel und ging mit ihren Freundinnen hinunter in den Hof. Sie schimpfte wie ein Rohrspatz über den Mathelehrer. »Ich kann den Blödmann nicht mehr sehen, der hat was gegen mich!«

»Der ist ein scharfer Hund«, pflichtete ihr Frida bei. »Aber mach dir keine Gedanken, ich bin zwar kein Mathegenie, aber ich bringe dir alles bei, was ich weiß.«

Sie bot ihr an, am nächsten Tag zu ihr zu kommen und

einen gemütlichen Nachmittag mit Quadratwurzeln zu verbringen.

»Aber nur, wenn du mir versprichst, dass deine Mutter mir nicht auch einen Nachhilfelehrer aufzwingt«, scherzte sie, um der Sache eine gewisse Leichtigkeit zu geben.

»Sie wird dir um den Hals fallen!«, sagte Lucía und stürzte sich selbst auf sie.

»Darauf kann ich verzichten«, erwiderte Frida lachend.

»Ich möchte dir auch gern helfen, Lucía, auch wenn ich keine Leuchte bin. Wenn ihr mich akzeptiert, bin ich mit von der Partie«, bot auch Bea an.

»Wenn ihr mich akzeptiert …«, äffte Frida sie nach. »Du redest ganz schön geschwollen daher!«

Am Ende kamen sie überein, am Samstag alle bei Lucía zu übernachten, um die Zeit zu nutzen. Außerdem gab es ja neben den Quadratwurzeln noch eine andere Baustelle.

»Bei der Gelegenheit können wir auch das Casting organisieren«, schlug Lucía vor. »Spätestens nächste Woche müssen wir fertig sein! Ich habe mir schon ein paar interessante Schritte ausgedacht, und wir sollten die Kandidatinnen anrufen und uns überlegen, was sie vortanzen sollen. Wo könnten wir das machen, ohne dass die neugierigen Nasen davon Wind bekommen?«

»In der Turnhalle. Wir schließen die Tür ab, Zutritt nur mit Erlaubnis«, erwiderte Frida.

10

Habe ich ein Date?

»Die Halle ist am nächsten Donnerstagmittag frei! Ich reservier' sie euch!«, rief Maite, die Sportlehrerin, vom Basketballfeld. Sie übte gerade Korbwürfe mit Schülern aus der Unterstufe.

»Wir brauchen sie nur in der Stunde nach dem Mittagessen«, sagte Frida.

Nachdem das mit der Halle geklärt war, gingen sie zu ihrem Olivenbaum, um den Rest der Pause dort zu verbringen. Unterwegs biss Lucía in eine Madeleine, die sie am Morgen von zu Hause mitgenommen hatte. Die Vorfreude auf den Samstag heizte ihren Appetit an. Mit drei Bissen hatte sie sie schon fast verschlungen.

Sie war so versunken, dass sie den auf sie zufliegenden Fußball nicht bemerkte. Er landete genau zwischen ihren Füßen. Um ein Haar wäre sie gestürzt. Verärgert schoss sie den Ball weit weg, doch als sie aufsah, erstarrte sie zur Salzsäule: Eric rannte mit wehendem Haar auf sie zu. Rasch schluckte sie die letzten Reste der Madeleine hinunter und zischte ihren Freundinnen zu: »Lasst mich bloß nicht allein!« Nach diesem blamablen Auftritt wollte sie auf keinen Fall allein mit Eric sein, bestimmt hatte er sie gerade straucheln sehen.

»Hallo«, sagte Eric ernst.

Ihr Verhältnis war seit der Theateraufführung deutlich abgekühlt, sie hatten seitdem kaum ein Wort gewechselt. Trotzdem spürte Lucía ein Kribbeln, wenn sie ihn sah. Sie hüstelte und erwiderte genauso knapp:

»Hallo.«

Bea und Frida, die nicht von ihrer Seite gewichen waren, grüßten ebenfalls.

Lucía fuhr sich mit der Zunge über die Zähne, um die letzten Krümel zu beseitigen, und schenkte Eric dann ihr schönstes Lächeln in der Hoffnung, dass er darüber ihre Ungeschicklichkeit vergaß.

»Entschuldige, jetzt wärst du wegen dem blöden Ball beinahe hingefallen.« Er sah ihr in die Augen.

»Ist nicht so schlimm«, stammelte sie. Sie spürte, dass sie feuerrot wurde.

»Da ist Jaime dran schuld, der weiß nicht mal, wo das Tor steht.«

»Ist ja nichts passiert.«

Als Eric sie anlächelte und seine Grübchen zeigte, dachte sie, wie toll er aussah, und in ihrem Bauch flatterten eine Million Schmetterlinge.

»Selbstgemacht?«, fragte Eric unvermittelt und deutete auf ihre Hand.

»Was? Die Madeleines?« Sie starrte auf die Krümel in ihrer Hand. In ihrer Nervosität hatte sie eine völlig zerdrückt.

Eric lachte. »Nein, die Armbänder. Cool.«

Lucías Kopf glühte – sie hoffte, dass er es nicht merkte –, während sie munter drauflosplapperte, wie man sie herstellte, welche Farben gut zusammenpassten und welche ihr am besten gefielen. Bis sie merkte, wie albern das war, und verstummte. Sie wäre am liebsten im Erdboden versunken, doch Frida rettete die Situation: »Wenn dein Freund Jaime nicht weiß, wo das Tor ist, solltet ihr euch vielleicht einen anderen Stürmer suchen.«

»Hätte nichts dagegen«, erwiderte Eric amüsiert.

Frida nutzte ihr Redetalent und scherzte, wenn sie noch Spielerinnen bräuchten, sollten sie doch das nächste Mal Bescheid sagen, bevor sie ihnen den Ball zuspielten.

»Ich will euch nicht länger aufhalten, ihr seid bestimmt auf dem Weg zu euerm Baum«, meinte Eric plötzlich.

»Wir haben's nicht eilig«, entfuhr es Lucía, obwohl das Ende der Pause nahte.

Alle lachten, und sie spürte, wie ihr noch wärmer wurde. Sie hatte das Gefühl, wie eine sprechende Tomate auszusehen. Doch da kam die Rettung: »Jetzt lass deine Freundin und komm endlich, Mann!«, brüllte Jaime.

»Freundin«, wiederholte sie in ihrem Kopf. Lucía sah sich um, ob noch jemand außer ihr das Wort gehört hatte. Sie bemerkte, dass Erics Wangen jetzt ebenfalls glühten.

»Hast du's so eilig, den nächsten Ball zu verschießen?«, stichelte Frida.

Eric hob die Hand und bat seinen Freund um eine Minute Geduld. Er sah Lucía in die Augen und fragte ernst: »Kommst du am Sonntag zum Volleyballspiel?«

Wenn eine Schulmannschaft ein Heimspiel hatte, gingen die anderen Schüler normalerweise hin, um sie anzufeuern. Es war ein angenehmer Zeitvertreib. Die Mädchen waren als moralische Unterstützung immer dabei, wenn Frida spielte, und meist trafen sie dort auch auf Eric und seine Freunde.

»Klar«, erwiderte sie, als wäre es nicht weiter wichtig.

»Okay. Ich auch.« Er strahlte, oder zumindest kam es Lucía so vor. »Na gut, bis dann«, verabschiedete er sich und trottete davon.

Sie war kurz davor, Luftsprünge vor lauter Freude zu machen, da drehte Eric sich noch einmal zu ihr um. Es sah aus, als ob er noch

etwas sagen wollte, aber dann lächelte er nur und rannte zurück zu seinen Freunden.

»Er ist verrückt nach dir«, flüsterte Frida und knuffte sie mit dem Ellbogen.

»Meinst du? Oh, ich weiß gar nicht, was ich am Sonntag anziehen soll!«

»Komm bloß nicht auf die Idee, die Schuhe mit den Absätzen anzuziehen, denk dran, wir gehen zu einem Volleyballspiel«, meinte Bea.

»Heute Nachmittag oder spätestens morgen gehe ich zum Frisör«, sagte Lucía und pustete die Strähnen weg, die ihr in die Augen fielen. »Dann sitzt der Pony wieder.«

Ihr war flau im Magen, sie hatte zum ersten Mal ein Date mit Eric! Sie konnte es kaum erwarten, dass endlich Sonntag war.

Der Gong rief sie zurück in den Klassenraum. Lucía dachte die ganze Zeit an das Gespräch mit Eric. Und sie stellte sich schon das nächste nach dem Spiel vor. Sie wollte nicht wieder so einfältig wirken wie heute! Sie ging im Geiste immer wieder durch, was sie zueinander gesagt hatten, sie sah sein von der Anstrengung des Spiels gerötetes Gesicht vor sich, das zerknitterte T-Shirt und die kurze blaue Turnhose und die strammen Waden. Wie sollte sie sich da aufs Lernen konzentrieren!

MARTA:
SOS

BEA:

FRIDA:
Was ist los?

MARTA:
1 aus der 8. total süß!!!

BEA:
Kannst du inzwischen mit dem ins Netz?

MARTA:
Nee, bin zu Hause im WLAN, DER HEISSE TYP IST MEIN NACHBAR!!!!

LUCÍA:

BEA:
Foto, bitte!!

FRIDA:
ja ja

MARTA:
Er gehört miiiiiir!

LUCÍA:
Ich hab meinen Eric!

FRIDA:
Dank mir!

MARTA:
Dein 1. Date!

BEA:
Sie wird ein Nervenbündel sein!

LUCÍA:
Bin ich jetzt schon

11

Mädchenabend

Bis zum Samstag hatten sich so viele Hausaufgaben angehäuft, dass Lucía das Volleyballspiel am Sonntag vergessen konnte. Sie hatte sich tausend Varianten überlegt, wie sie alles unter einen Hut bringen könnte, aber sie konnte keine Wunder vollbringen. Wenn sie wollte, dass ihre Mutter sie in Ruhe ließ, musste sie den ganzen Sonntag Spanisch pauken für die Klausur am Dienstag, statt gemeinsam mit Eric Fridas Mannschaft anzufeuern. Das war wirklich ein großes Opfer. Sie hatte nicht mal Zeit gehabt, zum Frisör zu gehen! Am Ende musste sie ihre Mutter bitten, ihr die Spitzen zu schneiden, sosehr ihr das auch stank. All ihre Pläne hatten sich zerschlagen.

Am Samstagnachmittag kamen Frida und Bea mit den Rücksäcken voller Bücher, um einen langen Abend mit Quadratwurzeln zuzubringen. Der Plan war, schnell fertig zu werden, damit sie mit der Organisation des Castings beginnen konnten, aber davon wusste die Hexe natürlich nichts.

Lucías Mutter sagte, sie sollten den Nachmittag gut für die Vorbereitung nutzen, denn die Prüfung käme schneller als gedacht. Alle drei leisteten einen Blutschwur, na klar, das würden sie tun.

Als sie allein waren, atmeten Frida und Bea auf. Die Gefahr war gebannt.

Entspannt auf dem Boden zwischen Teppich, Sitzkissen und Bett sitzend, holten sie Bücher und Hefte raus, da öffnete Lucías Mutter plötzlich, ohne zu klopfen, die Tür. Wie von der Tarantel gestochen schnellten die Mädchen in die Höhe, und Lucías Mutter schmunzelte.

»Keine Musik und kein Fernsehen, bis ihr fertig seid!«, befahl sie, um ihre Autorität zu unterstreichen.

Dann rauschte sie ab.

Sie machten sich an die Matheaufgaben, die der Dickkopf ihnen aufgetragen hatte.

Frida hatte sich ein Schild angeklebt, auf dem stand,

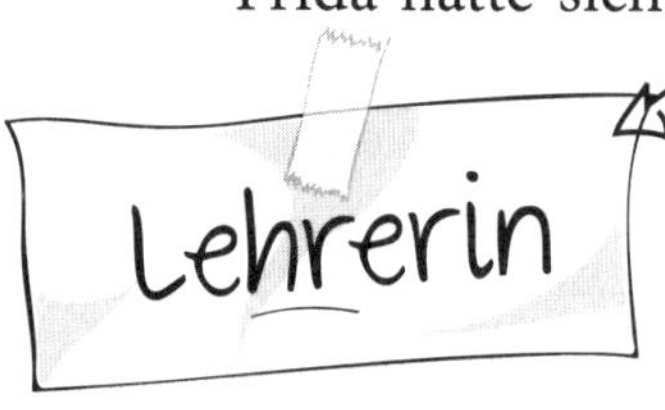

zog an ihrem Pferdeschwanz, bis sich ihre Augen zu Schlitzen verengten, und erklärte den Unterricht für eröffnet. Bea hatte sie ein Schild mit angeklebt.

»Ihr seid klasse«, sagte Lucía und

machte ein Foto, das sie über die WhatsApp-Gruppe RS4E an Marta schickte: »Lehrerin Frida und Assistentin.« Mit etwas Glück war Marta gerade mit dem Wi-Fi bei sich zu Hause verbunden.

Postwendend kam die Antwort: »Denkt an mich 😛!«

»Immer. Später Casting + Spaß 💃«, schrieb Lucía. Die anderen beiden hatten ihre Handys in der Tasche und offensichtlich stumm geschaltet.

Eine Weile wiederholte sie die Schritte zur Quadratwurzel, die Frida ihr vorbetete, doch schon nach dem zweiten war sie hoffnungslos verloren. Es war, als ob ihr Gedächtnis immer wieder ausgelöscht würde oder als hätte man sie entführt wie in Akte X. Und so schrieb sie wieder an Marta: »Als redeten sie Marsianisch.«

Sie amüsierte sich über Martas Antwort: »Bei Frida kann das durchaus sein«, da holte ein Brüller von Frida sie in das Zimmer und zum Thema zurück.

»Jetzt leg endlich das Handy weg! Wenn du nicht zuhörst, wirst du es nie kapieren.«

»Das sagt die Richtige! Wie oft habe ich dir gesagt, du sollst nicht tippen, während ich mit dir spreche?«, protestierte Lucía.

Ohne auf die Ausflüchte einzugehen, nahm Bea ihr das Handy ab, und Frida forderte sie auf, sich hinzustellen und wie ein Papagei alles zu wiederholen, was sie ihr sagte.

»Von wegen, was soll mir das bringen? Ich brauche 'ne Pause, mir raucht schon der Kopf«, schlug Lucía vor.

»Sorry, Süße, aber Pause ist nicht.« Sie deutete auf das Schild, das sie als LEHRERIN auswies. »Assistentin, walte deines Amtes!«

Lucía verdrehte die Augen, und Bea reichte ihr die Hand, damit sie aufstand. Dabei flüsterte sie ihr zu: »Es ist zu deinem Besten.« Und so wiederholte Lucía Wort für Wort, was Frida sagte, bis sie alles abgespeichert hatte. Dann sollte sie laut mitsprechen, während Frida Schritt für Schritt in ihrem Heft eine Quadratwurzelaufgabe löste. Lucía stellte fest, dass es gar nicht so schwer war – wenn man zuhörte.

»Jetzt ich! Jetzt ich!«, rief sie begeistert. Und in der Tat löste sie die nächste hervorragend. Und auch die übernächste.

»Der Dickkopf wird Augen machen«, sagte Lucía und malte sich in Gedanken die nächste Mathestunde aus.

»Er wird sich ein anderes Opfer suchen müssen«, sagte Bea anerkennend.

Lucía sah es vor sich. Wenn er sie an die Tafel holte und feststellte, was sie draufhatte, würde er sie mit seinen runden Augen starr anblicken wie ein Kugelfisch. Er würde sie nicht mehr vor versammelter Mannschaft bloßstellen. Susana wäre nicht mehr die Einzige, die alle Aufgaben mit Bravour erledigte. Sie konnte fast schon den Applaus ihrer Mitschüler hören, die sie wegen ihres Erfolgs hochleben ließen. Marisa würde auf ihrem Platz in der ersten Reihe vor Neid platzen.

Ein Klopfen ließ ihre Freundinnen erstarren. Lucías Mutter kam mit einer Familienpizza herein. »Habt ihr Hunger?«

Die Mädchen sahen sich an, als befänden sie sich in einer mündlichen Prüfung.

»Habt ihr so viel gequasselt, dass euch die Zungen eingeschlafen sind?«, scherzte María.

»Nein, wir haben ununterbrochen gelernt«, erklärte Frida schnell. »Lucía ist inzwischen ein Ass in Mathe.«

»Vielen Dank, Frau Lehrerin«, erwiderte María und zwinkerte ihr zu.

»Ich glaube, das kannst du jetzt abnehmen. Das ist dir ganz schön zu Kopf gestiegen«, sagte Lucía und entfernte das Schild von Fridas Shirt. Bei Bea machte sie dasselbe.

»Was ist jetzt? Essen wir oder

fastet ihr gerade?«, fragte María und hob die Schachtel mit der Pizza hoch.

Die Mädchen standen auf und folgten Lucías Mutter ins Esszimmer, wo der Tisch bereits für alle vier gedeckt war. Sie waren allein, denn José María musste jeden zweiten Samstag im Monat abends im Restaurant arbeiten. Während Lucías Mutter den Deckel öffnete, sagte sie:

»Ich habe sie nicht schneiden lassen, dann könnt ihr selbst den Winkel eures Stücks bemessen.«

»Sehr witzig, Mama«, maulte Lucía.

»Warum darf ich nicht auch mal einen Scherz machen?«, beklagte sich die Mutter.

»Solange du nicht peinlich wirst …«

Lucía fiel ein, dass ihre Mutter so guter Laune war, weil sie in Naturwissenschaften eine Zwei bekommen hatte. Sie klopfte sich insgeheim auf die Schulter.

Frida und Bea amüsierten sich den Rest des Abendessens über die Scherze, die Lucías Mutter vom Stapel ließ, und die Schelte, die sie von Lucía dafür erntete. Das Bild der Hexe schien der Vergangenheit anzugehören.

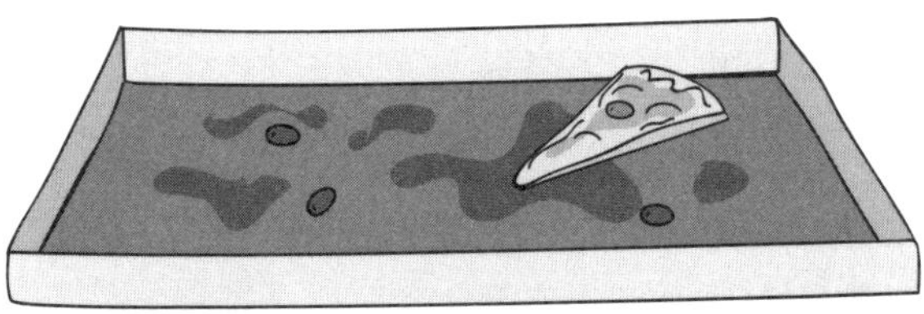

12

Organisation ist alles

»Lasst uns eine Liste mit allen Mädchen machen, die bei dir angerufen haben, Frida«, schlug Lucía vor. Sie wischte sich die letzten Tomatenreste aus dem Gesicht und setzte sich an den Schreibtisch.

Als sie den Computer anmachte, stellte sie fest, dass sie eine neue Mail von Marta hatte.

Von: Marta (diepoetinmarta@hotmail.com)

An: Lucía (let'sdance@hotmail.com),
Frida(upwithFrida@hotmail.com),
Bea (doremi@hotmail.com)

Betreff: Rastafari Look

Anhang: Abschied.jpg

Hallo Mädels,

ich vermisse euch so sehr, dass ich mir noch mal die Fotos von unserem Abschied angesehen habe. Sehe ich nicht aus, als hätte ich Rastalocken? Hihihi.

Küsscheeeeeeeen, RS4E

Auf dem Bildschirm erschien ein Foto vom Club der roten Schuhe. Sie lagen auf dem Boden in Martas leerem Zimmer. Weil niemand da war, um sie zu fotografieren, hatten sie die Kamera gegen einen Plastikbecher gelehnt auf den Boden gestellt. Dann hatten sie sich alle vier davorgelegt, die Gesichter in die Hände gestützt, und hineingeblickt. Dahinter sah man die hochgestreckten Füße mit den roten Chucks.

Sie überlegten kurz und dann schrieben sie alle drei zurück:

Von: Lucía (let'sdance@hotmail.com)

An: Bea (doremi@hotmail.com),

Frida(upwithFrida@hotmail.com),

Marta(diepoetinmarta@hotmail.com)

Betreff: Rastafari Look

Liebe Marta,

ob Rastalocken oder nicht, zumindest hast du keine gefärbte Barbiemähne. Frida beklagt sich, dass sie so mürrisch dreinblickt, und Bea, dass es aussieht, als ob sie schielt. Du siehst, keine ist zufrieden. Schick uns eins, auf dem wir anständig aussehen. Ich werde es in die Alben meines Tuenti-Profils hochladen, du weißt ja, ich halte die gern aktuell (Lucía).

Küsscheeeeeeeen, RS4E

»Wie schön wäre es, wenn sie hier wäre.« Frida sprach aus, was alle dachten.

Lucía holte die eigens für den Abend vorbereitete Süßigkeitentüte aus der Umhängetasche und ließ sie herumgehen. Nach der Pizza gab es nichts Besseres als Weingummi und Lakritz.

Sie öffnete Word und begann eine Tabelle zu entwerfen, um die Daten der Kandidatinnen einzutragen. Frida zog einzelne Zettel aus ihrem Ranzen. Es waren Servietten dabei, herausgerissene Heftseiten, sogar eine dreckige Socke. Alles war völlig zerknittert, und man konnte kaum lesen, was sie geschrieben hatte. Sie beklagte sich, die Leute hätten immer angerufen, wenn sie gerade unterwegs war, und deswegen hätte sie immer auf das Erstbeste schreiben müssen, das ihr in die Hände gefallen war.

»Ich habe auch noch ein paar Mails in meinem Posteingang«, erklärte sie, als sie das erste Gummibärchen verdrückt hatte.

Bea strich Zettel für Zettel glatt und versuchte zu entziffern, was Frida geschrieben hatte.

»Ca…rat…orta? Hä? Tortengesicht?«, fragte sie und kniff die grünen Katzenaugen zusammen.

Lucía fing an zu lachen, als sie begriff, was das für ein Unsinn war. Wenn alle Namen so geschrieben waren, konnten sie einpacken. Auch Bea lachte sich halb tot.

»Ah, ihr macht einen auf Schlaumeier, was? Das heißt Carlota!«, protestierte Frida.

Sie entriss Bea die Zettel und begann die Namen vorzulesen, zugegebenermaßen ein wenig holprig: »Carlota Sierrrra … Raquel Martínez, die Kapitänin meiner Volleyballmannschaft … Susana Écija, besser bekannt als unsere spinnerte Einsiedlerin … CCClaaaaara Alonso …

»Stopp!«, rief Lucía. »Ich hab den Wink mit dem Zaunpfahl schon verstanden. Und jetzt lies langsamer, meine Finger können nicht fliegen.«

»Ach, habt ihr nicht gesagt, man kann es nicht lesen?«

Lucía schnaubte und tippte die Namen in den Computer.

»Bea, kannst du bitte aufpassen, dass ich mich bei den Telefonnummern nicht vertue?«

»Klar!«

Lucía hasste das; es wäre nicht das erste Mal, dass ihr das passierte: Sie rief eine Nummer an, von der sie glaubte, es sei die ihres Vaters, und dann meldete sich ein Unbekannter, der sich beschwerte, dass sie ihn bei der Siesta gestört hatte. Einfach nur peinlich.

Und so füllte sie die Liste mit den Kandidatinnen für das Casting, während Bea sie mit Süßigkeiten versorgte. Namen, Telefonnummern und Vorabkommentare im Stil von »Sie ist gelenkig und kann mit dem Bein den Hintern berühren« oder »seltsames Mädchen mit Augenringen«. Sofern ihnen der Name etwas sagte, denn mit manchen konnte keine von ihnen ein Gesicht verbinden. In dem Fall schrieben sie unter den Namen den Kommentar: »Nima«, »nicht mal ihr Vater kennt sie«.

Insgesamt kamen sie auf fünfzehn Kandidatinnen, die sie zum Casting am Donnerstag einladen wollten. Jetzt mussten sie sich nur noch einen Test ausdenken und sie anrufen.

»Sollen wir sie ein paar Schritte vorbereiten lassen?«, schlug Lucía vor.

»Neee, wenn sie frei tanzen können, kommen sie lieber«, entschied Frida.

»Sie haben eh kaum Zeit, um es einzustudieren«, gab Bea zu bedenken. »Wenn wir morgen anrufen, haben sie bis Donnerstag gerade mal vier Tage.«

»Umso besser, dann ist es nicht so gekünstelt«, meinte Frida.

»Stimmt. Am besten wählen sie den Song selbst aus, bringen ihre CD mit und tanzen, was sie wollen. Was meint ihr?«

»Abgemacht, Mädels.« Sowohl Bea als auch Frida waren dafür.

Wenn das Casting nach dem Mittagessen stattfinden sollte, hatten sie nicht unbegrenzt Zeit. Daher sollte jede Kandidatin zwei Minuten bekommen, um ihr Können unter Beweis zu stellen.

»Und dann besprechen wir unsere Bewertungen«, meinte Lucía.

»Auch mit Marta, bevor wir uns endgültig entscheiden«, fügte Bea hinzu.

Um die Vorbereitung für das erste Casting des Clubs der Roten Schuhe abzuschließen, brauchten sie nur noch die Telefonnummern unter sich aufzuteilen.

»Wie aufregend!!!«, rief Frida, als sie schon mit Bea zusammen im Schlafsack zu Füßen von Lucías Bett lag. Sie sahen ihre Gesichter nur noch im Schein des durch das Fenster einfallenden Lichts der Straßenlaternen. »Ich weiß nicht, ob ich schlafen kann.«

Frida zappelte nervös im Schlafsack.

»UUUUUH!«, schrie Bea auf einmal.

»Was hast du?«

»Du hast eiskalte Füße!«, beschwerte sie sich und drehte sich von Frida weg.

»Jammer nicht, so schlimm ist es auch nicht.«

Lucía kroch aus dem Bett und schlüpfte zu ihren Freundinnen in den Schlafsack, Bea lag in der Mitte.

»Wolltest du es nicht warm haben?«, fragte sie Bea.

»Oh, Lucía, du glühst, als kämst du frisch aus dem Ofen. Aus was besteht dein Bett? Aus Kohle? Mein Gott, was für eine Hitze«, sagte Frida und befreite sich aus dem Schlafsack.

Sie konnten gar nicht aufhören zu lachen.

»Denkt ihr, wir gewinnen den Wettbewerb?«, fragte Lucía und blickte zur Decke.

»Ich will keine Spielverderberin sein, Lucía, aber du solltest nicht voreilig an einen Sieg glauben. Sonst bist du am Ende nur enttäuscht«, sagte Bea.

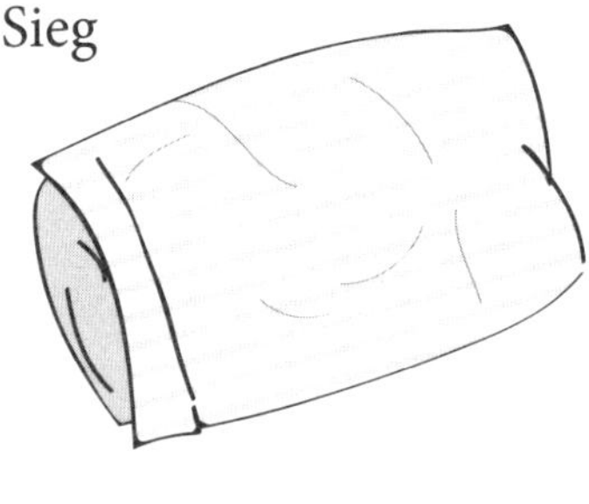

»Wer nicht wagt, der nicht gewinnt, Bea«, erwiderte Lucía. Auch einer der ermutigenden Sätze ihres Vaters.

»Genau. Man wird ja noch träumen dürfen«, pflichtete ihr Frida bei.

»So mein' ich das doch nicht. Ich will euch nur daran erinnern, dass nicht alle Träume in Erfüllung gehen.«

Frida fing an zu schnarchen, als würde ein Schwein grunzen, um Bea zum Schweigen zu bringen. Das gelang ihr auch. Sie hörte auf zu schnarchen, und es wurde still im Raum.

»Frida, du benimmst dich wie die Axt im Walde«, rügte Lucía sie, um die Spannung zu durchbrechen.

Aus der Mitte des Schlafsacks hörte man Bea lachen.

»Holla, das wagst du mir zu sagen?«, beklagte sich Frida. »Wo hast du denn diese Ausdrücke her? Aus einem Handbuch für Klugscheißer?«

Bea krümmte sich vor lachen.

»Wenn hier jemand ein Klugscheißer ist, dann ja wohl du, wir anderen sind doch dumm wie Brot«, konterte Lucía.

Dann langte sie nach einem Kissen von ihrem Bett und knuffte Frida damit, was diese mit ihrem Kissen abwehrte. Auch Bea bekam Kissenknuffe ab und schleuderte ihr eigenes Kissen blind nach allen Seiten, um Frida und Lucía zu erwischen.

Die Kissenschlacht dauerte eine Weile, sie jagten sich durchs ganze Zimmer, bis Lucía sich erschöpft auf ihr Bett fallen ließ.

Dann wünschten sie sich noch eine gute Nacht, kuschelten sich ein und schliefen sofort wie die Murmeltiere. Lucía dachte noch, dass es ein weiter Weg bis zum Wettbewerb war. Es würde nicht leicht werden, aber es war den Versuch wert.

13

Hände weg von Eric!

Lucía wachte am Sonntagmorgen als Erste auf; die anderen beiden Schlafmützen musste sie erst wachrütteln. Nach einem großen Glas Kakao und frischen Schokocroissants, die José María für sie beim Bäcker geholt hatte, machten sie sich auf den Heimweg. Lucía bat Frida, Eric zu sagen, sie habe unerwartet wegfahren müssen und könne deswegen nicht zu dem Spiel kommen. Diese Version schien ihr reizvoller als die traurige Wahrheit. Bea würde auch nicht hingehen, weil sie Geige üben musste, nachdem sie den ganzen Samstag über keinen Strich getan hatte.

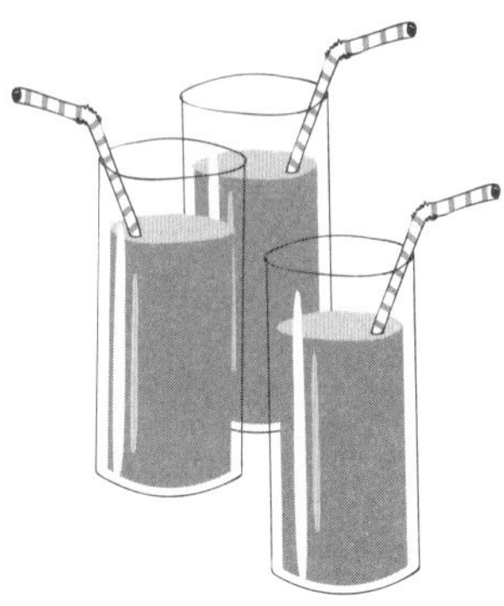

Beim Mittagessen sollte ihre Zwei in Naturwissenschaften gefeiert werden. Großmutter Agustina kam zu Besuch und brachte ihre fantastischen Champignons in Knoblauch mit. Lucías Mutter hatte die Cannelloni gemacht, die Lucía so gern aß, und sie langte ordentlich zu. Durch die Arbeit in der Werbeagentur hatte ihre Mutter unter der Woche kaum Zeit zu kochen, aber was die Kochkünste anging, stand sie Agustina in nichts nach. Lucía nahm sich zweimal einen Nachschlag.

»Lass den anderen auch noch was übrig«, protestierte ihre Mutter, als sie sie so hastig schlingen sah.

»Ach was! Das Kind kann so viel essen, wie es will. Das hat sie sich verdient. Außerdem wächst sie noch.« Ihre Großmutter, die unglaublich gutmütig war, verteidigte sie immer. Und schon schwieg ihre Mutter, wie immer, wenn Agustina sich vor sie stellte. Das war ein seltener Luxus.

Am Nachmittag telefonierte Lucía ihre fünf Kandidatinnen für das Casting ab, um sie für den Donnerstag einzubestellen. Sie waren alle völlig aus dem Häuschen, und Lucía musste sich etwas ausdenken, um die Gespräche abzukürzen, ohne abweisend rüberzukommen; sie wollte ihre Mutter nicht wieder wütend machen, die Handyrechnungen waren auch ein heikles Thema. Den restlichen Nachmittag steckte sie den Kopf in die Bücher. Sie paukte die tausend Akzentregeln für den Test, den die Elster für Dienstag in Spanisch gleich in der ersten Stunde angesetzt hatte. Als wäre der Test an sich noch nicht schlimm genug, musste sie ihn auch noch halb schlafend schreiben.

Die Mathestunde am Montag war ein voller Erfolg. Als Lucía an die Tafel trat und die Aufgaben richtig löste, fühlte sie sich wie ein Filmstar. Das Gesicht des Dickkopfs schien ein wenig abzuschwellen und sich zu entspannen. Lucía glaubte sogar ein Lächeln zu erkennen, als er erleichtert sagte: »Na, Gott sei Dank.«

Bei dem Spanischtest am Dienstag herrschte in ihrem Kopf vom vielen Lernen immer noch ein solches Durcheinander, dass sie kaum noch Vokale von Konsonanten unterscheiden konnte. Auch das Absatzgeklapper der

Elster, die um Punkt neun den Klassenraum betrat, sorgte nicht für mehr Klarheit in ihrem Schädel. »Auf eure Plätze und die Bücher weg!«, rief sie.

Die ganze Klasse gehorchte, und sie teilte die Kopien an die Schüler aus. Sie ging an jeden einzelnen Platz und machte dabei ihre übliche Spickzettelkontrolle. Direkt neben Lucía bückte sie sich und hob einen Zettel vom Boden auf. Er lag da, als hätte ihn jemand verloren. Die Elster reichte ihn ihr mit dem Kommentar: »Der ist für dich.«

Irritiert blickte Lucía auf den Zettel. Darauf stand:

Sie war sprachlos. Sofort sah sie zu Marisa hinüber, die in sich hineingrinste. Sie versuchte ein Pokerface aufzusetzen und drehte sich zum Fenster, als ließe der Zettel sie kalt. Sie atmete tief ein und nahm sich vor, Marisa zu ignorieren. Wie ihr Vater sagen würde: Es gibt keine schlimmere Form der Verachtung als Nichtbeachtung.

Eric konnte unmöglich auf dieses eiskalte Ungeheuer stehen! Das war doch absoluter Schwachsinn! War es das? Oder war während des Spiels am Sonntag etwas vorgefallen, von dem sie nichts wusste? Lucía klopfte mit dem Bleistift auf den Tisch. Tic-tic-tic-tic-tic-tic. Zu allem Überfluss hatte die Elster die Nachricht auch gelesen.

»Lucía, pack den Zettel weg und fang mit dem Test an«, befahl sie von ihrem Thron aus.

Lucía versuchte ihre zitternden Hände unter Kontrolle zu bringen, faltete den Zettel zusammen und schob ihn in die Jackentasche. Sie schaute auf die Uhr im Klassenraum: Sie hatte nur noch zwanzig Minuten! Sie riss sich zusammen, sah auf das Blatt, nahm den Bleistift in die Hand und begann, die Akzente auf die Wörter zu setzen. Bei »paranoico« hielt sie inne. Das Wort kannte sie, es traf genau auf Marisa zu. Ja, die war völlig paranoid. Auf der Liste standen mindestens zwanzig Wörter, und viele davon hatte sie noch nie im Leben gehört.

»Grrrr!«, murrte sie leise.

Als die Elster den Test für beendet erklärte, war Lucía nicht fertig geworden. Es lief ihr eiskalt den Rücken hinunter: Marisas Meisterwerk würde ihr womöglich nicht nur ihre Zukunft mit Eric versauen, sondern auch den Test, für den sie tagelang gelernt hatte. Schnell setzte sie noch ein paar Akzente, bis die Elster ihr das Blatt aus den Händen riss. Sie musste die Benotung abwarten, aber allzu viel Hoffnung machte sie sich nicht. Vielleicht sollte sie allmählich einsehen, dass ein NACHHILFELEHRER gar keine so schlechte Idee war.

Vom zweiten Teil der Stunde bekam Lucía nichts mit. Sie verspürte ein Leere im Kopf, als würde sie jeden Moment ohnmächtig werden. Sie starrte ununterbrochen auf die Uhr, es schien, als ob die Batterien den Geist aufgaben, denn die Zeiger bewegten sich im Schneckentempo. Als der Zeiger bis auf eine Minute zur vollen Stunde aufgerückt war, packte sie ihre Sachen zusammen, und als der Gong ertönte, stürmte sie als Erste aus dem Klassenraum. Sie hielt es einfach nicht mehr aus auf ihrem Platz.

Im Flur lehnte sie sich gegen die Wand und wartete auf Frida und Bea, um ihnen alles brühwarm zu erzählen.

»'tschuldige, Luis hat mich mit einer Frage zum Test aufgehalten«, sagte Frida und deutete auf einen Jungen, der von einem zum anderen ging und Fragen stellte. »Was stand auf dem Zettel?«

Lucía gab ihn ihr, und Frida machte so große Augen, dass es aussah, als würden sie jeden Moment herausfallen.

»Habe ich mich klar und deutlich ausgedrückt?« Es war Marisa, die direkt auf sie zukam.

Lucía atmete immer schneller, ihr Herz schlug wild. Sie hätte sich am liebsten auf sie gestürzt und ihr eine Tracht Prügel verpasst, weil die dumme Gans sie nicht in Ruhe ließ. Doch sie sah sie nur herausfordernd an und sagte kein Wort, hoffentlich kapierte sie's. Doch Marisa war zwei Köpfe größer als sie und schien völlig unbeeindruckt. Frida war mit ihr auf Augenhöhe: »Sorry, aber wir verstehen keine Spatzensprache«, meinte sie, packte Lucía an der Schulter und zog sie in den Klassenraum zurück.

Sie setzte sie auf ihren Platz und kniete sich vor sie.

»Ich glaube nicht, dass das stimmt.« Sie deutete auf den Zettel. »Sie will dich nur provozieren.«

»Glaubst du?«

An diese Möglichkeit hatte Lucía gar nicht gedacht. Ihr Atem beruhigte sich und sie wusste genau, was ihre Freundin gleich sagen würde.

»Du musst mit ihm reden.«

Für Lucía war das nicht so klar. Sie war immer noch sprachlos, und das wäre sie erst recht, wenn sie zu Eric ginge, um ihn um eine Erklärung zu bitten.

»Guten Tag, alle miteinander!«

Es war Rüsche, der Musiklehrer, der gerade den Raum betrat. Lucía blieb eine Stunde, um sich zu entscheiden.

TEST

14

Die Minuten vergehen soooo laaaangsam …

Rüschenhemd trug immer ein Hemd mit langen Armen und Volants an der Brust, daher der Spitzname. An diesem Morgen war es orange. Er hatte einen Stapel CDs mitgebracht, weil er ihnen verschiedene Perioden der Musikgeschichte erklären wollte, und nach einem überschwänglichen Vorwort spielte er ihnen ein paar Stücke vor. Die hörten sich an wie aus der Sonntagsmesse.

»Renaissance bedeutet Wiedergeburt«, erklärte er.

Lucía hörte kaum zu. Sie dachte ununterbrochen darüber nach, was sie tun sollte, wenn der Unterricht vorbei war. Und so übte sie mit Monteverdi im Hintergrund, was sie Eric sagen würde. Sie stellte sich vor, wie sie auf ihn zuging, ihn erst ganz normal grüßte und ihm dann auf einmal an die Gurgel ging: »Du hast also ein Auge auf Marisa geworfen?«, würde sie ihn fragen. Nein, das konnte sie nicht machen. War sie jetzt völlig verrückt geworden? Sie musste raffinierter vorgehen. Die Frage war nur, wie?

Sie hatte Schweißperlen auf der Stirn. Sie schob den Pony nach hinten und kämmte ihn wieder nach vorne. Sie konnte unmöglich mit einem Irokesenkamm vor Eric treten. Sie hatte nur noch zehn Minuten. Also wiederholte sie noch mal innerlich, wie sie sich verhalten wollte: Sie würde sich sanft zeigen, Eric keine Vorwürfe machen, die ganze Zeit über lächeln, damit er sich nicht schlecht fühlte, und sie würde sich so liebenswürdig wie immer von ihm verabschieden, ganz gleich wie die Antwort ausfiele.

»Riiiiiiiiiing!«

Lucía erschrak. Die Stunde der Wahrheit war gekommen.

»Das schaffst du!«, sagte Frida, die schon neben ihr stand.

Wie ein Coach begleitete sie Lucía nach draußen, als wollte sie ihre Freundin auf das Spiel ihres Lebens vorbereiten. »Bleib ruhig, dann wird alles gut.«

Die Sprüche hatte sie bestimmt von ihrer Volleyballtrainerin. Lucía fühlte sich alles andere als sicher, aber ihre Freundin hatte recht: Sie musste es versuchen. Frida schubste sie auf die andere Seite des Flurs, wo die Tür zur 7c offen stand.

Lucía lugte vom Türrahmen aus nach Eric, aber sie konnte ihn nicht finden. Wo zum Teufel war er? Kurz darauf kam Bea ihnen entgegen, schon im Mantel und bereit für die Pause.

»Warte mal kurz«, sagte Lucía ohne weitere Erklärung, sie war ganz auf ihr Vorhaben fixiert.

Der Klassenraum leerte sich, und alle drängten sich an ihr vorbei durch die Tür. Um ein Haar wäre sie zerquetscht worden! Am Ende blieben noch drei Schüler übrig, aber er war nicht dabei.

»Wo ist Eric?«, fragte sie Bea.

»Keine Ahnung. Er hatte heute Werken, aber ich glaube, er war nicht da.«

»Wolltest du, dass ich den ganzen Morgen nach ihm suche oder was? Warum hast du mir das nicht gleich gesagt?«, fuhr Lucía sie an.

»Du hast mich nicht danach gefragt.«

»Grrrrrrrrrr.« Lucía verlor die Nerven und rannte los.

»Was ist denn los?«, fragte Bea vollkommen verwirrt, dann rannte sie Lucía und Frida hinterher, so schnell sie konnte.

Lucía zeigte ihr Marisas Nachricht, und Frida erzählte ihr, was vorgefallen war, während sie die Treppen hinunter zum Werkraum rannten. Eine Gruppe Jungs stand vor der Tür und unterhielt sich lautstark über Stromkreise und dergleichen. Sie erkannte Manu und Quique, die wie siamesische Zwillinge waren und alles gemeinsam machten. In der Grundschule war sie mit ihnen in eine Klasse gegangen. Sie baute sich vor ihnen auf und fragte: »Wisst ihr, ob Eric noch da ist?«

Sie sahen sie an, als hätten sie keine Ahnung. Manu fragte einen anderen, der gerade vorbeikam, aber auch der hatte ihn nicht gesehen. Lucía wollte schon enttäuscht die Segel streichen, da hörte sie plötzlich jemanden sagen: »Eric? Der ist schon nach Hause gegangen, dem ging es nicht gut.« Es war Jaime, Erics Freund, der gerade aus dem Klassenraum kam.

»Also er sagt …«, hob Quique an.

»Ja, ich habs gehört«, würgte Lucía ihn ab. Und zu Jaime sagte sie: »Was hat er denn?«

»Die Krankenschwester hat gesagt, er hätte Fieber, und ihn nach Hause geschickt. Keine Sorge, es ist bestimmt nur eine Erkältung«, scherzte Jaime und zwinkerte ihr zu, und Lucía wurde knallrot.

Jaime verschwand im Flur, und Lucía stand mit hängendem Kopf da. Als ihre Freundinnen kamen, ließ sie ihrem Kummer freien Lauf: »Das darf doch nicht wahr sein! Jetzt muss ich warten, bis er wieder gesund ist.«

Den Rest des Tages hatte Lucía das Gefühl, auf einem anderen Planeten zu sein. Sie machte ein Foto von Marisas Nachricht und schickte es an die Gruppe RS4E in WhatsApp, damit Marta es sehen konnte. Eine Sekunde später kam die Antwort: »Pfff … 😈 Das macht sie doch nur aus lauter Neid.«

Die tröstenden Worte ihrer Freundin gingen ihr runter wie Öl, und so verbrachte sie sämtliche Unterrichtsstunden am Handy, das sie in ihrer Jackentasche versteckt hatte. Über WhatsApp machte sie Marisa fertig und las die solidarischen Antworten von Bea, Frida und Marta:

»Auf dass sie ihre gefärbte Mähne verliert und die irgendwo kleben bleibt«, schrieb die eine.

»Auf dass sie fette Eiterpickel im Gesicht kriegt«, meinte die andere.

»Auf dass sie sitzenbleibt«, meinte die Dritte im Bunde.

Als sie am Ende des Tages im Bett lag, betete sie inständig, dass der kommende Tag bessere Nachrichten bereithielte: dass Eric wieder gesund war, dass er sie mochte und Marisa eine Lügnerin war. Sie hoffte nur, dass das Gerücht der Königin der hochnäsigen Schnepfen sich unterdessen nicht allzu weit verbreitete.

Start Profil Nachrichten Leute Videos Suchen Fotos herunterladen

Auf Deutsch sagt man Träume, seltsam …

4 Gefällt mir

Frida: Hört sich an wie Trauma. Albträume?

Bea: Tolles Foto

Lucía: Wie poetisch!

Marta: Hab nicht geschlafen wg einem Referat für Sozialkunde

Bea: Easy!

Marta: Backenbart (Lehrer) ist ein harter Hund

Frida: Bei dem Namen …

Marta: Hahaha, du müsstest mal seinen Pelz sehen …

Lucía: Foto?

Marta: Ich versuch's

Bea:

Marta: Viel Glück für das Casting heute!!!! RS4E

15

Möge das Casting beginnen

Trotz des Zwischenfalls mit der Hexe hatte Lucía bei dem Spanischtest eine beachtliche Zwei plus ergattert, und ihre Mutter feierte das gebührend: Sie hatte ihren Lieblingsnachtisch zubereitet, Käsekuchen mit Erdbeermarmelade. So weit, so gut.

Nicht so gut war hingegen, dass Eric immer noch krank war. Daher hatte sie ihn immer noch nicht wegen Marisa löchern können. Sie hatte überlegt, ihm über Tuenti zu schreiben, aber er war nicht online, und sie wollte auch nicht, dass er sie für eine Stalkerin hielt. So ein Gerücht würde sich wie ein Lauffeuer in der Schule verbreiten. Genauso wie das derzeitige, Eric habe die Kusskrankheit. Man musste nicht besonders schlau sein, um zwei und zwei zusammenzuzählen: Eric und Marisa hatten sich geküsst.

Aber da es sie bei der Vorstellung schüttelte, versuchte sie die Geschichte beiseitezuschieben. Sie wollte ihre Zeit lieber für wichtigere und angenehmere Dinge aufwenden, wie Tanzen zum Beispiel. Sie hatten zwar noch keinen Song ausgesucht, aber sie hatte schon mal ein paar Schritte für die Choreografie ausprobiert, die sich fantastisch machen würden. Sie waren nicht schwierig, aber die Tänzerinnen mussten beweglich sein und das Gleichgewicht halten können.

Zum ersten Mal in ihrem Leben war sie am Donnerstagmorgen schon um kurz vor neun in der Schule. Als der Wecker klingelte, hatte sie sofort senkrecht im Bett gesessen, und unter der Dusche hatte sie einen Song von Justin Bieber geträllert, um in Fahrt zu kommen. Und innerlich hatte sie ihn weitergesungen, bis es endlich so weit war.

Frida hatte mittags superschnell gegessen und war als Erste in der Turnhalle. Als Lucía und Bea eintrafen, war schon alles vorbereitet: zwei Tische im Hintergrund für die Jury und die unverzichtbare Musikanlage. Bea setzte sich in die Mitte, sie würde die Zeit stoppen. Frida sollte die Kandidatinnen aufrufen und Lucía sich um die Musik kümmern.

Die meisten Kandidatinnen waren schon da. In den

Trainingsanzügen der Schule warteten sie in einer Ecke auf den Startschuss. Einige wärmten sich auf, als würden sie an einer Castingshow im Fernsehen teilnehmen, andere saßen einfach nur da.

Als die Listen und Kugelschreiber bereitlagen, eröffnete Frida das Casting und hieß die Kandidatinnen willkommen. Ohne langes Federlesen rief sie die erste Kandidatin auf.

»Raquel Martínez.«

Sie war die Kapitänin ihrer Volleyballmannschaft. Ein großes Mädchen mit athletischer Figur. Sie sprang auf und gab ihnen ihre CD: *Under the Mistletoe*.

»Lied Nummer fünf bitte«, sagte sie, als Lucía nach dem Track fragte.

Es erklang die Melodie von »Fa La La«, und Raquel begann, sich frei dazu zu bewegen. Die Stimme von Justin Bieber erfüllte die Turnhalle, und sie bewegte sich perfekt im Rhythmus. Obwohl es ein eher langsames Stück war, gelangen Raquel die Drehungen und Beinschwünge sehr gut. Lucía sah, dass Frida lächelte; sie war mit der Leistung ihrer Mannschaftskameradin zufrieden.

Nach zwei Minuten gab Bea Lucía ein Zeichen, und sie stoppte die Musik.

»Danke, Raquel. Du bekommst bald Antwort von uns«, verkündete Frida ernst. Man sah ihr an, dass sie

gerne noch mehr gesagt hätte, aber Lucía hatte ihr ins Gewissen geredet. Ihre Mutter hatte schon viele Castings geleitet, und am Abend zuvor hatte sie ihr, während sie die Nudeln fürs Abendessen kochte, ein paar nützliche Tipps gegeben. Es war überaus wichtig, sich neutral zu verhalten, bis das Casting beendet war.

Raquel nahm ihre CD und machte Platz für die nächste Kandidatin.

»Celia Domingo«, rief Frida. ✓

Celia Domingo? Auf der Liste stand »Nima«, weil der Name keinem etwas sagte. Ein unbekanntes Mädchen stellte sich in der Mitte der Turnhalle auf. Sie trug einen gelben Trainingsanzug, also ging sie auf eine andere Schule.

Die Richterinnen sahen sich fragend an und berieten sich flüsternd darüber, wie sie verfahren sollten. Wie zum Teufel hatte das Mädchen von dem Casting erfahren? Wie war sie unbemerkt in die Schule gekommen? Äußerst professionell tat Frida sich als Sprecherin hervor: »Entschuldigung, Celia, aber ich muss dich auffordern zu gehen.«

»Warum?«

Frida erklärte ihr, wenn sie auf eine andere Schule ginge, würde es für sie schwierig werden, zu den Proben zu kommen. Celia fügte sich, legte aber wenig Sportsgeist an den Tag: Sie schnalzte genervt mit der Zunge und verließ unter Protest die Turnhalle.

Weil sie keine Zeit zu verlieren hatten, rief Frida direkt die nächste Kandidatin auf: »Diana Escribano.«

Diana ging in Beas Klasse, trug eine Hornbrille und hatte eine Frisur wie der Prinz auf der Prinzenrolle. Lucía war neu, dass sie gern tanzte; sie sah sie eher in einem Paramount-Film einen Monolog sprechen, aber sie war sich auch da nicht sicher, ob ihr Talent dafür ausreichte.

»Ich weiß nicht, ob der Song, den ich ausgesucht habe, etwas für euch ist. Vor allem für dich, Frida.« Sie zwinkerte ihr zu und übergab Lucía die CD *Believe*. Sie sollte »Boyfriend« abspielen. Zumindest hatte sie einen guten Geschmack.

Diana stellte sich in die Mitte der Halle, und als Justin zu rappen begann, fing sie doch tatsächlich an mitzusprechen! Lucía dachte, sie hörte nicht richtig.

»Jetzt ein wenig Breakdance«, sagte sie dann und schwang dabei ohne jeden Rhythmus ein Bein vor und zurück.

»Ich steh auch auf Salsa, nicht nur auf Nudeln.« Sie lachte als Einzige und begann munter mit den Hüften zu kreisen.

Ungläubig sah Lucía Bea und Frida an, die wie vom Donner gerührt waren. Was zum Teufel machte sie da?

Alle drei mussten sich mühsam das Lachen verkneifen, doch Diana war so vertieft in ihren Tanz, dass sie es gar nicht bemerkte. Am Ende machte sie eine Drehung im Stil von Michael Jackson und rief: »Yeaaah!«

Es war nicht leicht, aber Frida bewahrte Haltung und bedankte sich bei Diana, ohne zu lachen oder zu sticheln. Dann ging sie zur nächsten Kandidatin über: Patricia Garrido.

Es waren noch ein paar Mädchen übrig, und Lucía hoffte inständig, dass nicht alle unter die Kategorie »Nima« fielen oder zwei linke Füße hatten. Es mussten ja keine Gazellen sein, aber sie sollten wenigstens Rhythmusgefühl haben.

Aber auch Patricias Performance war eher mau und blieb unter der Messlatte. Und die schafften weder Carlota Sierra, der es schon schwerfiel, das Gleichgewicht zu halten; noch Clara Alonso mit ihrem Orang-Utan-Tanz; noch Amelia Frutos, da konnte sie noch so sportlich sein (wie schaffte man es nur, sich mit seinen eigenen Armen zu verheddern?); noch Lorena Izquierdo, bei der Frida das Heimlich-Manöver anwenden musste, um sie von dem Kaugummi zu befreien, der ihr im Hals stecken geblieben war; und so ging es munter weiter …

Lucía bekam allmählich Panik. Sie wippte mit dem Fuß und wusste nicht, wie sie sich hinsetzen sollte. Frida sah sie entnervt an und befahl ihr, damit aufzuhören. Bea schien das alles völlig kaltzulassen.

Als sie auf der Liste den Namen der nächsten Kandidatin sah, begann sie sich schon mal an den Gedanken zu gewöhnen, dass sie ein weiteres Casting machen mussten. Bei diesem würden sie nicht finden, was sie suchten.

»Susana Écija?«, rief Frida zögernd, ihr Misstrauen war unüberhörbar. Immerhin hatte sie den Spitznamen weggelassen, unter dem alle sie kannten: die Einsiedlerin.

Susana übergab ihre CD, eine der ersten, die Bieber in seiner musikalischen Karriere aufgenommen hatte: *My World 2.0*.

»Track 2, bitte.«

Lucía war überrascht, dass Susana »Up« wählte, eins ihrer Lieblingslieder. Wie konnten sie und der Freak denselben Geschmack haben? Sie hatten nichts gemeinsam! Ihr Gesicht war so blass, es hatte bestimmt noch nie in ihrem Leben einen Sonnenstrahl abbekommen; das kohlrabenschwarze Haar trug sie kurz und zudem war es völlig verschnitten. Ganz zu schweigen von den zwanzig Steckern im Ohr, hygienisch war das bestimmt nicht. Unmöglich! Außerdem war sie die Beste in Mathe, in dem Fach, das Lucía so hasste.

Lucía biss sich auf die Lippe und legte die CD ein, sie war mehr als skeptisch. Sie drückte auf »Play ▶«. Susana schloss die Augen und begann sich mit fließenden, anmutigen Schwüngen zu bewegen. Sie beugte und streckte die Beine, als wären sie aus Gummi, die Hände hatte sie sanft auf die Schenkel gelegt.

Wie war das möglich? Lucía hatte widersprüchliche Gefühle. Einerseits ärgerte es sie, dass ausgerechnet Susana auch noch eine gute Tänzerin war. Wenn sie aber andererseits sah, wie das Casting lief und dass nur noch wenige Kandidatinnen übrig waren, war sie erleichtert: Susana tanzte besser als jede andere und konnte sie vor dem Untergang retten.

Bea knuffte Lucía, damit sie die Musik stoppte. Lucía hatte so versunken zugesehen, dass sie darüber die Zeit vergessen hatte.

»Danke, Susana, wir rufen dich an«, sagte Frida.

Wortlos nahm Susana ihre CD und verließ die Turnhalle, abwesend wie immer, als hätte sie mit der Welt nichts zu tun.

Bei den nächsten Kandidatinnen war Lucía deutlich entspannter und achtete mit darauf, dass die zwei Minuten eingehalten wurden. Einige Mädchen waren gar nicht gekommen, andere hatten keine Ahnung, was sie dort machten. Doch Lucía war mit dem Ergebnis zufrieden.

Für sie standen die Gewinnerinnen fest. Mal sehen, was die anderen sagten.

Start Profil Nachrichten Leute Videos Suchen Fotos herunterladen

Arbeit abgegeben!

Lucía: Du kriegst bestimmt eine 1

Marta: Der Backenbart wirkte zufrieden

Frida: OLEEEEEEEEE

Lucía: Heute war 1 guter Tag für uns alle

Frida: Casting = Probe bestandeeeen

Marta: & the winners are…

Frida: Susana & Raquel!

Bea: Patricia war auch nicht schlecht

Lucía: Hahaha, ein echter Trampel

Bea: Du übertreibst

Frida: Sie lag mehr auf dem Boden, als dass sie getanzt hat

Marta: Ihr müsst gewinnen!

Lucía: of course! RS4E!!

16

Der ultimative Song

»Piiiiiiiep«

Als am Samstagmorgen der Wecker klingelte, war Lucía schon eine Weile wach. Das grenzte an ein Wunder! Unter der Woche lümmelte sie noch mindestens eine Viertelstunde im Bett herum, um sich an den Gedanken zu gewöhnen, dass sie die Schuluniform anziehen und zum Unterricht gehen musste. Dann kam ihre Mutter ins Zimmer und zog energisch den Rollladen hoch, um sie aus dem Bett zu werfen. Doch an diesem Samstag hatte sie nicht nur selbst den Wecker gestellt, damit sie pünktlich zu dem Treffen bei Bea kam, sie war sogar noch vor der Zeit aufgewacht.

Vor lauter Aufregung hatte sie kaum geschlafen. Am Abend zuvor war sie noch lange aufgeblieben und hatte überlegt, was sie anziehen sollte. Es war ja nicht irgendein Treffen: Sie würden sich zum ersten Mal mit den

»Neuen« außerhalb der Schule gegenübersitzen. Daher war die Kleidung extrem wichtig: Sie musste bequem sein, aber nicht schlampig; sie sollte ein Ausdruck ihrer Persönlichkeit sein. Nachdem sie den halben Inhalt des Schranks herausgezogen hatte, hatte sie sich für die knallengen Jeans, Stiefel und die Bluse mit den blauen und lila Karos entschieden.

Sie frühstückte nur rasch eine Kleinigkeit, damit ihr tadelloses Outfit keine Flecken bekam, und machte sich auf den Weg zu Bea.

Lucía mochte den Dachboden von Beas Zuhause schon immer: Durch das schräge Dach war es dort richtig gemütlich. Ein Raum, wie gemacht für sie, mit eigenen Regeln. Über die Jahre hatten sie Poster, Spiele und alle möglichen Sachen mitgebracht: ein Mobile mit Monden und Sternen, eine alte Spieldose … Dort oben gab es auch eine Mini-Stereoanlage und einen Fernseher, auf dem sie sich bis spät in die Nacht Filme anschauten. Sie stellten sich vor, zusammen in einer WG zu wohnen, denn dort oben waren sie völlig ungestört.

Als Lucía eintraf, warteten die anderen schon auf sie, dabei hatte sie sich so beeilt, um pünktlich zu sein. Als sie Fridas Gesicht sah, war ihr klar, dass sie einen Rüffel kassieren würde, und sie sollte recht behalten: »Heee, wir waren um zehn verabredet, nicht um elf!!!«

Frida trug eine schöne schwarze Trainingshose, ähnlich wie die von Raquel, nur, dass deren rot war. Susana war genauso angezogen wie auf den Schulausflügen: schwarze Klamotten und dunkelblaues Halstuch. Bea hatte sich für ihre schlabbrigen Jeans und einen hellblauen Pulli entschieden, der farblich zu den Socken passte.

»Jetzt übertreib mal nicht«, erwiderte Lucía und küsste sie auf die Wange. Dann wandte sie sich den Neuen zu: »Gefällt euch unser Probenraum?«

»Recht nett hier«, meinte Susana.

»Ja, wie ein Baumhaus in den amerikanischen Filmen.«

Lucía musste über Raquels Kommentar schmunzeln.

»Ich will ja nicht drängeln, aber wir haben Wichtigeres zu besprechen: den Song«, meinte Frida.

Sie setzten sich um die Mini-Stereoanlage und den Ständer mit den CDs von Justin Bieber herum. Wie es sich für einen guten Fan gehört, waren die CD-Hüllen in tadellosem Zustand, sie hatten nicht einen Kratzer. Bei den anderen war das genauso.

»Ich bewahre sie in einem Aktenschrank auf«, gestand Susana. »Da sind sie keinen unnötigen Risiken ausgesetzt.«

Zwischen den alten Freundinnen und den beiden Neuen gab es eine kaum merkliche Barriere. Auf der einen Seite saß das Trio und auf der anderen Seite, ein wenig abseits, saßen Raquel und Susana. Sie machten es sich alle erst mal bequem, aber dann sahen sie sich schweigend an. Man merkte, dass sie sich kaum kannten: Die eine rieb sich die Hände, eine andere spielte mit ihren Ringen und wieder eine andere blickte in eine Ecke, als suchte sie dort etwas. Sie waren gehemmt und wussten nicht, was sie sagen sollten. Lucía brach das Eis, indem sie fragte, wer die CDs einlegen sollte.

»Das übernehme ich!«, rief Frida.

»Hat schon jemand eine Idee?«, fragte Bea.

»Wie wär's mit ›Up‹«, schlug Susana vor. Sie blieb erst mal auf der sicheren Seite, damit hatte sie schon das Casting gewonnen.

Lucía schlug vor, einen neuen Song auszuwählen, zu dem noch keine vorher getanzt hatte. Von der Idee waren alle angetan. Aber welchen von den Dutzenden, die der Sänger aufgenommen hatte? Die Qual der Wahl.

»Und wenn jede von uns die Songs auf einen Zettel schreibt, die ihr am besten gefallen, und wir hören sie uns dann an?«, meinte Bea.

»Ja, das ist gut, Bea! Eine Superidee!«, rief Raquel.

Bea lächelte scheu, während sie aufstand und Zettel und fünf Kulis holte, die sie verteilte.

»Was ist denn das Maximum?«, fragte Susana. »Jede fünf Songs?«

»*Perfect!*«, erwiderte Frida.

In wenigen Minuten hatten die Mädchen ihre Lieblingssongs aufgelistet, und Frida sammelte die Zettel ein. Sie las einen nach dem anderen vor. Die Meinungen gingen ziemlich auseinander.

»Was für eine Schnulze«, jammerte Frida über »Baby«, Lucía fand den Song gar nicht so schlecht.

»Na ja, die anderen sind ja auch nicht gerade Stimmungshits!«, meinte Susana.

»Stimmt, aber der kommt mir schon aus den Ohren raus«, meinte Raquel.

»Ja, wir könnten schon was weniger Abgedroschenes nehmen«, pflichtete Bea ihr bei, die offenbar mit Raquel auf einer Wellenlänge war.

Während sie die Lieder anhörten, stellte sich Lucía die Schritte dazu vor, die sie sich schon mal in groben Zügen für die Choreografie ausgedacht hatte. Manchmal hörte man Frida brummen, die eine gute Sportlerin war, aber beim Singen nicht immer den richtigen Ton traf. Anders als Bea, die das aus dem Effeff beherrschte, aber nur leise mitsang, damit sie keiner hörte. Susana wippte rhythmisch mit dem Kopf, und Raquel schaukelte auf dem Platz.

»Ach, wie schön«, entfuhr es Bea, als sie den Text von »Only Thing I Ever Get for Christmas« hörte.

»Es ist doch nicht Weihnachten«, wandte Lucía ein.

Als »One Time« erklang, das erste Stück, das der Sänger aufgenommen hatte, wurde es gleich von Raquel verworfen, denn für sie hörte sich Justin in dem Lied an wie ein kleiner Junge.

»Klar, als Mann singt er besser«, spöttelte Frida.

Lucía hatte bei ihrer Liste an die Lieder gedacht, die für sie mit besonderen Augenblicken verbunden waren, und wenn sie die Lieder hörte, war es so, als ob sie alles noch einmal erlebte. Der letzte Schultag vor den Sommerferien vor zwei Jahren zum Beispiel, das war »Favorite Girl«, und das wollte sie mit den anderen teilen.

»Oh ja, wie schööööööön«, seufzte Frida. »Wir waren im Pool von unserem Wohnblock.«

An dem Nachmittag hatten Marta, Frida, Lucía und Bea ohne Ende Cola getrunken und in der Sonne gelegen, im Hintergrund die Musik der Hitparade. Als »Favorite Girl« kam, hatten sie angefangen auf ihren Handtüchern zu tanzen und laut zu singen, und sie hatten sich nichts daraus gemacht, dass die Anwohner alle auf ihren Balkonen standen und zuschauten.

Die drei lachten, und auch Susana kannte das Gefühl: »Es gibt nichts Besseres! Du weißt, du musst für drei Monate nicht in die Schule.« Sie schloss die Augen, als stellte sie sich gerade diesen Moment vor.

»Allerdings!«, rief Frida mit weit aufgerissenen Augen.

»Bei dem Lied krieg ich Hühnerhaut«, gestand Raquel.

»Gänsehaut«, korrigierte sie Susana.

»Nein, Hühnerhaut, da bin ich mir sicher. Das Lied erinnert mich an Alba, meine beste Freundin. Sie ist vor einem Jahr nach New York gezogen, und ich vermisse sie sehr.«

»Ich verstehe dich nur zu gut.«

Sie erzählten den Neuen von Martas Umzug und warum sie unbedingt die Reise nach Berlin gewinnen wollten. Es fanden sich immer mehr Gemeinsamkeiten.

Während »Drummer Boy« lief, erzählte Susana ein bisschen was von sich.

»Wieso hast du mitten im Schuljahr die Schule gewechselt?«, fragte Lucía.

»Ich hatte Stress mit einer Lehrerin. Und nachdem ich ein paar Dinger gedreht habe, bin ich von der Schule geflogen.«

»Aber du bist doch superschlau!«, sagte Lucía.

»Danke.« Susana lächelte. »Aber das zählt nicht, wenn du dich in die Mensa geschlichen und das Pausenbrot für die Kleinen gestohlen hast. Oder wenn du blaugemacht hast, und sie draufkommen, dass du die Entschuldigung deiner Mutter gefälscht hast. Und das ist noch nicht alles …«

»Na, du hast es ja faustdick hinter den Ohren«, sagte Frida verwundert.

»Deswegen reiß ich mich ja jetzt am Riemen. Meine arme Mutter hat meinetwegen schon so viel mitgemacht.«

»Ja, die Familie, das ist ein heikles Thema«, meinte Lucía.

Lucía fühlte sich sehr wohl in dem Kreis, der immer mehr zusammenwuchs, und erzählte von ihrer Familie. Und auch Frida berichtete von ihrer persönlichen Hölle: Von ihrem Bruder Dani, der sich immer das Telefon krallte, wenn sie gerade sprach und sie trat, wenn sie gerade unaufmerksam war. Bea hatte mit ihren beiden älteren Brüdern Marcos und Pablo nichts gemein, der eine war blöd und der andere süchtig nach seiner Spielekonsole. Raquels Probleme hatten mit ihrer älteren Schwester, Rosa, zu tun, die zwar an der Uni studierte und nicht mehr zu Hause wohnte, sie aber nach wie vor nervte. Die Kleine, Carla, war ein verwöhntes Gör, aber die störte sie nicht weiter. Susana hatte nur einen Bruder, Aitor, der ein Jahr älter war als sie, aber sie verstanden sich gut und stritten nur selten. Dafür stritt sie häufig mit ihrem Vater, der jeden Tag an ihrem Kleidungsstil herummäkelte und auf ihrem Fehlverhalten in der Vergangenheit herumritt.

Und so erklangen die Lieder im Rhythmus ihrer Geschichten.

17

Hat es dir die Sprache verschlagen?

»›All I Want is You‹ zum Ersten, ›All I Want is You‹ zum Zweiten, ›All I Want is You‹ zum Dritten … Gebongt!«, rief Lucía. Inzwischen war Mittag, und sie hatten sich einigen können.

»Was für ein Song«, ertönte auf einmal Marcos' Stimme.

Sie erschraken, als Beas älterer Bruder hereinplatzte. Er wurde bald achtzehn und war Kreisläufer beim Handball, das heißt, er war fast zwei Meter groß und ziemlich muskulös. Er hatte eine Stoppelfrisur und ebenso grüne Augen wie seine Schwester. Bea sprang auf und versuchte ihren Bruder mit aller Kraft zur Treppe zu bugsieren, damit er verschwand. »Du hast hier nichts zu suchen!«, schimpfte sie.

Aber Marcos entwand sich ihrem Griff. »Jetzt halt mal den Ball flach, Mama schickt mich, um euch zu fragen, was ihr essen und trinken wollt.«

Lucía bemerkte, dass Frida sich auf ihrem Platz rekelte und die Lippen aufeinanderpresste wie eine Schauspielerin.

»Ist was?«, fragte sie schmunzelnd.

»Psst!, bring mich nicht in Verlegenheit.«

Frida war bis über beide Ohren in Marcos verliebt. Man merkte es schon daran, dass er der Einzige war, der es schaffte, sie zum Schweigen zu bringen. Als hätte es ihr die Sprache verschlagen!

Lucía musste lachen, und Frida wurde wütend. Sie stand auf und versuchte, sich unsichtbar zu machen. Das Manöver ging gründlich schief, denn Marcos sprach sie an: »Ah, Frida. Was willst du trinken?«, fragte er trocken.

Frida erstarrte, als hätte sie ein Gespenst gesehen, und Marcos sah sie an, als wäre sie nicht ganz bei Trost.

»Sie ist heiser von der Singerei«, log Lucía, um ihr aus der Bredouille zu helfen. »Aber ein Nutellabrot wäre gut, danke.«

Frida bedankte sich, und Marcos verdrehte die Augen. Danach fragte er rasch die anderen, was sie wollten, er hatte schließlich nicht unendlich Zeit. Sie bestellten alle dasselbe, was er mit der Bemerkung quittierte, wie langweilig sie seien. Frida setzte sich erst wieder an ihren Platz, als Marcos gegangen war: Sie war rot wie eine Tomate! Alle Blicke waren auf sie gerichtet.

»Hast du deine Stimme wiedergefunden?«, foppte sie Lucía.

»Sehr witzig«, erwiderte Frida und hielt sich die Hände vors Gesicht.

Dann eröffnete sie allen ihr großes Geheimnis: Schon als siebenjähriges Mädchen hatte sie von Marcos geträumt.

»Ich verstehe nicht, wie du meinen Bruder gut finden kannst, so blöd wie er ist!«

»Wo die Liebe hinfällt … Ich mag zum Beispiel Jaime, obwohl er einen halben Meter kleiner ist als ich«, gestand Raquel.

»Jaime? Erics Freund?«, entfuhr es Lucía.

Sie erzählte ihnen die Geschichte von Marisa und dem Zettel. Und in der Tat hatte die Geschichte schon die Runde gemacht.

»Die ist wie Cruella de Vil, nur ohne graue Haare«, meinte Raquel, und alle lachten.

Bea erinnerte daran, dass auch sie mit der Schnepfenfraktion an dem Wettbewerb teilnehmen würde. Susana erzählte, sie hätte sie in der Pause trainieren sehen, sie hätten vor aller Augen mit ihren Aerobic-Künsten angegeben.

Lucía sprang auf, und alle sahen sie verwundert an. »Wir müssen anfangen zu proben!«, rief sie, als hätte man ihr einen Eimer kaltes Wasser übergeschüttet.

Sie hatten keine Zeit zu verlieren. Seit zwei Wochen dachte sie über die Choreografie nach. Die Gruppe stand, und jetzt war der Moment gekommen, wo jede sich einbringen konnte.

»Die dürfen nicht gewinnen«, bekräftigte Susana.

»Soll das ein Witz sein? Dazu wird es nicht kommen«,

erwiderte Frida und stand auf. Die anderen folgten ihr. Alle kannten nur ein Ziel: gewinnen.

Lucía erklärte, was sie sich bisher ausgedacht hatte. »Es ist noch nicht fertig, denn bis heute stand ja die Musik noch nicht fest, aber ich stelle es mir so vor …«

Sie würden gemeinsam in der Mitte beginnen, und danach würde jede für sich weitertanzen, als Stilmix sozusagen.

»Du könntest das machen, was du beim Casting gemacht hast«, sagte sie zu Raquel und schwang die Arme. Und an Susana gewandt: »Und du machst diese geschmeidigen Bewegungen.«

Jede brachte ihren Stil und ihre Persönlichkeit in den Tanz ein, der sie aufs Siegertreppchen bringen würde. GEMEINSAM.

Von: Marta diepoetinmarta@hotmail.com

An: Bea (doremi@hotmail.com),

Frida (upwithFrida@hotmail.com),

Lucía (let'sdance@hotmail.com)

Betreff: Stadtbesichtigungen sind so anstrengend!

Anhang: totundbegraben.jpg

»All I Want«! Suuuuuuuuper! Eine gute Wahl.

Ich hab mir den ganzen Samstag die Hacken abgelaufen und

mit meinen Eltern die Stadt angesehen, und das ist das Ergebnis. Furchtbar, nicht? Das habe ich meinem Vater, dem Spaßvogel, zu verdanken, er meinte, damit könne er mich prima erpressen, wenn ich nicht tue, was er sagt. Eltern, ich sag's euch.

Miss u,

RS4E

18

Eine gute Truppe

Die Gruppe passte perfekt zusammen. Von Lucía war eine große Last abgefallen, wie wenn sie den tonnenschweren Rucksack mit dem Schlafsack und allem abstellte, den sie zu den Schulausflügen mitnehmen mussten.

Sie hatten sich im passenden Moment gefunden. Raquel hatte ihr ganzes Leben mit Lernen und Volleyballspielen verbracht und hatte fast keine Freundinnen. Weder in ihrer Klasse noch außerhalb der Schule. Und weil Susana mitten im Halbjahr gekommen war, hatte sie kaum Zeit gehabt, Leute kennenzulernen. Jetzt waren sie eine verschworene Gemeinschaft: Sie teilten den Olivenbaum in den Pausen, den Tisch in der Mensa, und natürlich das Tanzen. Das Tanzen hatten sie immer im Kopf.

Seit dem ersten Treffen auf dem Dachboden waren zwei Wochen vergangen, und sooft sie konnten, schaufelten sie sich Zeit frei, um einen weiteren Teil der Choreografie einzustudieren. Die Sportlehrerin Maite war so nett, ihnen die Turnhalle zur Verfügung zu stellen, wenn sie frei war, und das war ein paar Stunden in der Woche der Fall. Zusätzlich war die Schule anspruchsvoll, und sie schrieben jede Woche Tests. Daher brauchten sie die Samstage zum Lernen. Und sonntags mussten Frida und Raquel meistens zu irgendwelchen Volleyballspielen.

Lucía war mit der Choreografie ein wenig ins Hintertreffen geraten, weil sie so viel lernen musste. Aber wenn sie den NACHHILFELEHRER vermeiden wollte, musste sie sich anstrengen. Manchmal legte sie »All I Want is You« ein, während sie lernte, in der Hoffnung auf eine zündende Idee. Sie hatte nicht darüber nachgedacht, dass ihre Mitbewohner vielleicht nicht dieselbe Begeisterung für Justin hegten wie sie.

Am Samstagnachmittag rebellierte ihre Mutter. Die Wände der Wohnung waren wohl nicht gerade dick. Als Lucía zum dreihundertsten Mal auf »Play« drückte, riss ihre Mutter die Tür auf.

»Was ist?«, fragte Lucía genervt.

»Du bist nicht allein im Haus, du treibst mich in den Wahnsinn. Und apropos: Solltest du nicht lernen?«

»Was glaubst du, was ich hier mache?«, sagte Lucía und deutete auf das aufgeschlagene Buch.

»Na klar, ich glaube dir, dass du so viel lernst. Noch zehn Minuten, dann machst du's aus.«

Ihre Mutter drehte sich um und ging. Kurz darauf hörte man sie durch die Wand hindurch schreien, trotz der Musik! Sie hatte Lucías Vater angerufen.

Weil sie keine Lust auf Streit hatte, schrieb sie den anderen über die neu gegründete WhatsApp-Gruppe, ob sie nicht Lust auf ein Treffen hatten. Sie hatten sich »Siegergruppe« genannt und ein Foto von Justin Bieber mit Basecap als Gruppenbild genommen. Alle waren einverstanden. Wenn sie schon für die blöden Tests lernen mussten und nicht proben konnten, dann konnten sie sich wenigstens eine Auszeit nehmen, um den Kopf freizukriegen.

Lucía entschloss sich, endlich die Schuhe mit Absätzen einzuweihen, die Lorena ihr zu Weihnachten geschenkt hatte. Sie verließ die Wohnung in Ballerinas und zog sie erst im Hauseingang an, damit ihre Mutter nicht noch mehr in Rage geriet. Als die anderen sie sahen, brachen sie in wahre Lobeshymnen aus, wie gut sie ihr standen. Wenigstens war sie jetzt nicht mehr die Kleinste! So war ein gewisses Gleichgewicht hergestellt. Sie machte ein Foto von der Gruppe und schickte es Marta.

»Toll! 😃«, schrieb die zurück.

Zuerst spazierten sie über den kleinen Platz hinter der

Schule, vielleicht saß da ja jemand Interessantes aus ihrer Stufe auf den Bänken. Lucía dachte natürlich an Eric, warum sich was vormachen. Doch Fehlanzeige, Eric war immer noch wegen dieser Kusskrankheit zu Hause. Also gingen sie direkt ins Kino, um sich den neuesten Film mit Maxi Iglesias anzusehen.

Als sie in der Schlange an der Kinokasse standen, sahen sie, wie Marisa und die Schnepfenfraktion gerade ihre Eintrittskarten kauften. Lucía erstarrte. »Hilfe! Sie darf mich nicht sehen!«

»Ich gebe dir Deckung«, bot Raquel an. Sie stellte sich vor Lucía und schon war von der Kleinen trotz High Heels nichts mehr zu sehen.

»Sie sind nicht allein«, meinte Susana.

»War ja klar, die lassen nichts anbrennen«, lautete Beas Kommentar.

Marisa und ihr Gefolge waren mit den Eintrittskarten auf dem Weg ins Kino. Die Jungs, mit denen sie unterwegs waren, kannte Lucía nicht.

»Bitte, lass sie in einen anderen Saal gehen, bitte«, flehte sie.

Ihr Bitten wurde erhört. Marisa ging in einen Saal,

wo ein amerikanischer Spielfilm gezeigt wurde. Erleichtert fuhr Lucía sich mit der Hand über die Stirn. Jetzt konnte sie entspannt warten, bis sie an der Reihe waren.

Der Film und der süße Hauptdarsteller lenkten sie ab. Aber als der Film zu Ende war und sie gehen wollten, versetzte sie ihre Freundinnen in Alarmbereitschaft: Auf keinen Fall durften sie Marisa und ihrem Gefolge über den Weg laufen. Sie hatte keine Lust, der Schnepfe gegenüberzutreten. Sie warteten, bis der Saal vollkommen leer war, der Abspann war schon lange vorbei, und Frida postierte sich als Wächter an der Tür. Mit erhobenem Arm spähte sie nach rechts und links. Schließlich senkte sie den Arm: Bahn frei.

Gemeinsam verließen sie den Kinosaal. Doch als sie an der Toilette vorbeikamen, vernahm Lucía die Stimme, die sie am meisten auf der Welt hasste: »Versteck dich, wo du willst. Du wirst mir nicht entkommen«, sagte Marisa. Die anderen Mädchen folgten ihr wie Schafe, als sie provokativ an ihr vorbeiging.

»Ich muss mich vor niemandem verstecken«, erwiderte Lucía, obwohl sie genau das getan hatte. »Als hätte ich Angst …«

»Vielleicht solltest du besser Angst haben!« Marisa lachte und stöckelte auf den Ausgang zu.

Dort warteten die Jungen von vorhin auf sie. Gemeinsam verließen sie das Kino, ohne sich umzudrehen.

Auf dem Weg zum Burgerladen ließen sie kein gutes Haar an ihrer Erzfeindin, und das tat Lucía gut. Als sie vor ihrem Cheeseburger und dem Getränk saß, hatte sie Marisa und ihre Boshaftigkeit schon vergessen. Sie würde sich den freien Nachmittag nicht von ihr kaputtmachen lassen.

»Das Beste am ganzen Film waren die Augen von Maxi Iglesias, wow«, meinte Raquel mit Strohhalm im Mund. »Eine Farbe wie das Meer in der Karibik, und genauso klar.« Danach erklärte sie den anderen, warum das Wasser grün oder blau schimmerte. Raquel hatte diesen Tick, weil sie ständig fernsah, Reisedokus und Discovery Channel vor allem. Lucía war das aufgefallen, als sie das erste Mal gemeinsam in der Schulmensa gegessen hatten. Es gab Paella, und Raquel erklärte, mit einer winzigen Krabbe auf der Gabel, dass alle als Männchen geboren wurden und

danach selbstständig, wie durch Zauberhand, ihr Geschlecht änderten. Lucía hatte sie angestarrt, als wäre sie völlig durchgeknallt, und sie hatte nur gesagt: »Deswegen habe ich wohl so wenig Freundinnen.«

Daraufhin hatten alle gelacht. Und wenn sie seitdem wieder mal oberlehrerhaft daherkam, zogen die anderen sie auf. So fragte Frida jetzt: »Willst du mal Forscherin werden?«

»Ich weiß nicht, vielleicht, warum?«

»Dann fang doch schon mal hiermit an«, erwiderte Frida und schob ihr einen halben Hamburger in den Mund.

Raquel musste lachen und verschluckte sich. Es hätte nicht viel gefehlt, und sie hätte Frida mit Cola bespuckt.

»Solange Liebe vorkommt, ist mir jeder Film recht«, gestand Bea plötzlich.

»Du bist ganz schön verkitscht!«, scherzte Frida.

»Und du stehst nur auf Actionfilme, wie öde.«

Frida mochte nicht nur Actionfilme, sie liebte auch Krimis: »Du bist den ganzen Film auf Spurensuche …«

» … und wenn du den Übeltäter findest, fühlst du dich superschlau«, pflichtete ihr Susana bei.

»Genaaaaaau!«

»Die sind doch immer so vorhersehbar«, widersprach Bea.

Frida ging wieder auf Bea los, was sie denn schon wüsste, sie würde sich doch nur dämliche Schmachtfetzen ansehen. Lucía sah sich gezwungen, einzugreifen: »Und was ist mit *E-m@il für Dich*?«, fragte sie.

Sie sah Frida durchdringend an, damit sie sich die Antwort gut überlegte. Ein paar Sekunden lang herrschte Schweigen.

»Los, sag schon!«, drängte Bea aufgeregt.

Frida schloss die Augen und nickte. Die anderen sollten sich nicht so haben. »Das ist ein Klassiker, ganz egal was ihr sagt.«

»Ich bitte dich, das ist der langweiligste Film, der je gedreht wurde«, erwiderte Lucía.

Raquel und Susana hielten sich aus der Diskussion raus.

»So schlimm ist er auch wieder nicht«, rechtfertigte sich Frida. »Tom Hanks ist sehr witzig, und Meg Ryans Buchhandlung ist ein Traum. Da würde ich auch gern wohnen!«

Frida erzählte, sie habe den Film vor ein paar Jahren zum ersten Mal mit ihrer Mutter gesehen. Es sei die erste romantische Komödie, die ihr gefallen hatte, und das sei ja auch okay. Sie sei nicht so wie Bea, die sich NUR so etwas anschaute. »Man muss sich ja nur die Strümpfe anschauen, die du heute trägst. Willst du, dass wir alle blind werden?«, stichelte sie.

»Ich finde knallpink ist eine starke Farbe«, sagte Susana.

»Danke, und mir gefallen deine Ringe«, erwiderte Bea und deutete auf die drei Silberringe an Susanas Händen.

»Ja, von wem hast du sie bekommen?«, frage Lucía, die ihr genau gegenübersaß und schon eine ganze Weile ihre Hände betrachtete.

Jeder Ring hatte seine Geschichte: den mit den drei verbundenen Ringen hatte ihr ihre Mutter zum zehnten Geburtstag geschenkt; den mit dem schwarzen Stein hatte sie von ihrem ersten Geld auf einem Flohmarkt gekauft und den in Schmetterlingsform hatte sie in der U-Bahn gefunden, sauber gemacht und behalten.

Auf einmal kam ein großer älterer Junge an ihren Tisch und unterbrach das Gespräch. Er trug eine Hose und eine Weste aus Leder. Die Mädchen sahen sich überrascht an, aber Bea kannte ihn.

»Alles klar, Diego?«

Er war ein Freund von Marcos und fragte Bea, was mit ihm los sei. Er habe ihn seit Tagen nicht gesehen, weil er entweder lernte oder Handball spielte. Bea versprach, ihren Bruder daran zu erinnern, dass er sich bei ihm meldete, und Diego verschwand dorthin, wo er hergekommen war.

Lucía sah Frida an, die kein Wort sagte und deren Wangen so rot waren, als hätte ihnen Marcos höchstpersönlich einen Besuch abgestattet.

»Was ist mit Marcos?«, fragte Lucía.

»Was soll schon sein.« Frida sog an ihrem Strohhalm und vermied es, sie anzusehen. »Er wird wohl lernen, oder?«

»Jetzt stell dich nicht dumm. Irgendwas wirst du dir einfallen lassen müssen, wenn er dir so gut gefällt«, meinte Lucía.

Aber Frida war überzeugt, dass sie bei Marcos keinen Blumentopf gewinnen könnte, weil er in ihr nur ein kleines Mädchen sah.

»Das liegt ja nur daran, dass du die Freundin seiner kleinen Schwester bist«, sagte Susana und deutete auf Bea, die ihr zustimmte.

Frida musste mit ihm reden und ihm zeigen, dass sie schon eine richtige Frau war.

»Aber wenn er vor mir steht, bringe ich kein Wort heraus!«

»Dafür gibt es eine Lösung.« Susana erläuterte ihr einen Plan, der sich schon mehrfach bewährt hatte. Sie würden sich alle zusammen ein paar Sätze überlegen, die Frida auswendig lernte. Zu unterschiedlichen Themen. Es mussten ja nicht viele sein, vielleicht zehn. Dann konnte

Frida, wenn er vor ihr stand, ein Gespräch in Gang bringen. Susana war überzeugt, dass er nur merken musste, wie viel sie gemeinsam hatten.

»Und du glaubst wirklich, das funktioniert?«

»Das glaube ich nicht nur, ich weiß es.« Susana wirkte so selbstsicher, sie hätte einer Schnecke einen Regenschirm verkaufen können.

»Zeit für ein Eis!«, rief Frida unvermittelt.

Gehorsam standen alle auf und stapften hinter Frida her. Sie gingen zu einer Eisdiele wenige Straßen weiter, in der es das beste Joghurteis von Barcelona gab.

Unterwegs besprachen sie noch mehr Ideen, um Fridas Image bei Marcos aufzupolieren. Gemeinsam würde ihnen das gelingen.

»Du kannst mit ihm über das letzte Spiel von Barça sprechen«, sagte Raquel.

»Aber bitte nicht über die Beine von Piqué«, meinte Lucía.

Die anderen lachten, dann überlegten sie sich noch mehr Themen.

Start Profil Nachrichten Leute Videos Suchen Fotos herunterladen

Ein zuckersüßer Valentinstag

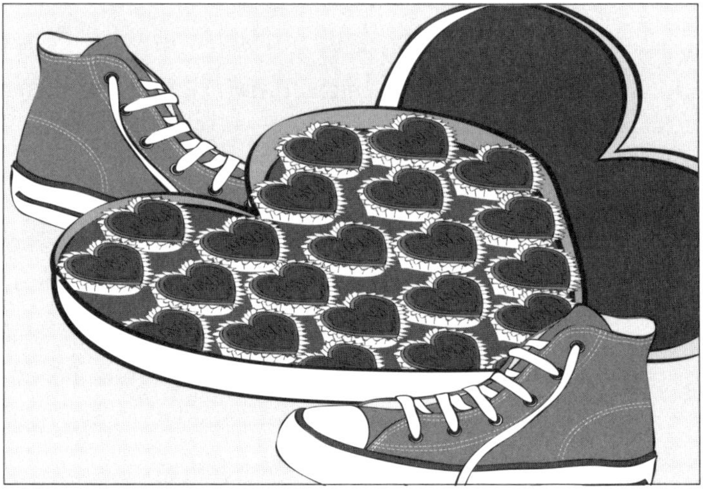

4 Gefällt mir

Lucía: Lecker, leckeeeeeeer!

Bea: Netter Vorrat

Frida: Ist bestimmt nichts mehr von da!

Marta: Hahaha, doch 1!

19

Bea flippt aus

Der 14. Februar, Valentinstag, war gekommen. Die Mädchen konnten es kaum erwarten, die Karten entgegenzunehmen, und die Jungen warteten nervös darauf, sie endlich übergeben zu können.

In der ersten Pause verkündete Frida aufgeregt: »Ich habe eine anonyme Karte bekommen!«

Sie zog ein rotes Pappherz aus ihrem Rucksack, in dem stand: »Alles Liebe zum Valentinstag, Frida.« Es stand kein Name darunter.

»Viel gibt das nicht her«, fand Susana.

»Keine Ahnung, von wem das kommen könnte. Es lag heute morgen in der Schublade von meinem Pult«, gestand Frida. »Ich fühle mich beobachtet.« Sie sah sich aufmerksam um.

»Entspann dich. Jetzt weißt du, dass du einen Verehrer hast, genieß es!«, sagte Raquel.

»Genau. Wir müssen uns mit einer Karte von unserem Vater zufriedengeben«, maulte Bea.

Frida grinste übers ganze Gesicht, als sie den Klassenraum betraten und sich an ihre Pulte setzten. »Ich hab noch was vergessen!«, rief sie und lief zu Lucía.

»Der Fettsack hat mich gebeten, sie dir zu geben, und irgendwie hat er mir leidgetan.«

Lucía zuckte mit den Schultern und öffnete die Karte von Fridas Bruder. Wenigstens war sie originell: Darth Vader und Königin Amidala kamen ihr Hand in Hand entgegen. »Tolle Idee!« Sie lachte.

»Da ist mir wohl jemand zuvorgekommen«, hörte sie Tonis Stimme hinter sich sagen. Er gab ihr auch eine. Und danach Frida. Es hatte nichts damit zu tun, dass ihm die Mädchen gefielen oder so: Toni schenkte allen Mädchen in der Klasse jedes Jahr eine Karte. Wie Casanova.

Lucía nahm Tonis Karte ungerührt entgegen. Es war eine Rose in einem Herz, auf der geschrieben stand: »Eine Rose, um dir zu sagen: Alles Liebe zum Valentinstag!«

Sie bedankte sich und steckte sie in die Schublade zu der von Fridas Bruder. Die, auf die sie so sehnsüchtig wartete, würde nicht kommen. Eric war immer noch krank und hatte kein Lebenszeichen von sich gegeben.

Er aktualisierte nicht mal seinen Status im Tuenti. Seit Ewigkeiten hatte er schon nichts mehr in sein Profil geschrieben. Die *Kusskrankheit* war anscheinend wirklich fies. Von Weitem beobachtete sie, wie Toni Marisa, die schon einen ganzen Stapel in der Hand hatte, seine Karte überreichte; sie bekam jedes Jahr eine Unmenge. Vielleicht war eine von Eric dabei. Lucía schüttelte den Kopf, um den Gedanken zu vertreiben.

Der Tag ging vorüber wie jeder andere. Abgesehen davon, dass Frida alle Jungen der Schule unter Generalverdacht stellte. Wann immer ihr einer einen Seitenblick zuwarf, fragte sie Lucía sofort: »Ob der es war?«

Aber keiner bekannte Farbe, und sie ging mit dem Gefühl nach Hause, dass ihr Valentin ein wenig feige war.

Am Mittwoch nach dem Mittagessen war die Turnhalle frei, und die Mädchen nutzten die Zeit für ihre Probe, wie in den vergangenen drei Wochen auch.

Da es hier keine Spiegel gab wie in der Tanzschule, stellte Lucía sich als Trainerin vor die anderen. So konnte sie die Schritte vortanzen und die anderen konnten sie gut sehen. Sie hatte sich eine Trillerpfeife gekauft und machte bis zur Erschöpfung jeden einzelnen Schritt immer wieder vor.

»Frida, wenn du die Arme hebst, dann pass auf, dass du Raquel nicht in die Augen stichst«, warnte Lucía.

»Klar, ich mach das ja mit voller Absicht.«

»Pass bloß auf, wenn du mir die Augen ausstichst, leg ich dein Mundwerk lahm.«

»Das wäre das Allerschlimmste«, scherzte Frida.

»Sehr gut. Nach der Drehung müsst ihr die Beine beugen und euch zur Seite neigen, erst nach links und dann nach rechts. Und gleichzeitig …«

Lucía erklärte den Schritt noch einmal und begutachtete, wie sie ihn ausführten. Es fehlte noch so viel von der Choreografie! Außerdem klappten einige schon hundertmal geprobte Schritte immer noch nicht. Frida schlug sich wacker, Raquel und Susana auch, aber Bea landete bei dem Sprung auf dem Hosenboden.

»Jetzt kannst du wenigstens nicht mehr fallen«, foppte Frida sie. Die anderen lachten über ihren Gag.

»Haha, wie witzig«, erwiderte Bea und stand auf.

»Komm, noch mal«, forderte Lucía sie auf. »Das muss heute klappen! Auf, Mädels! Eins, zwei …«

Sie wiederholten den Schritt, aber Bea drehte sich falsch herum und blickte am Ende in die entgegengesetzte Richtung.

»Bea, seit Tagen üben wir diesen Schritt. Er ist doch nicht so schwer«, sagte Lucía, die langsam ungeduldig wurde, weil ihnen die Zeit davonlief.

»Tut mir leid, Lucía, ich krieg's einfach nicht hin. Können wir nicht was Leichteres machen?«

Das war nicht Beas erste Entschuldigung an diesem Tag. Sie hatte schon gejammert, sie sei müde und der Knöchel täte ihr weh. Das Problem war nicht der Schritt, sondern dass sie sich nicht genügend anstrengte, fand Lucía. Sie bat Bea, es noch einmal zu versuchen, bevor sie aufgab. Doch Bea stürzte erneut und blieb vollkommen erschöpft auf dem Rücken liegen.

»Wie ein Käfer«, sagte Frida und ahmte ein mit den Beinchen strampelndes Insekt nach.

Die anderen lachten sich kaputt. Bis auf Bea, die verdrossen aufstand und sich den Rücken hielt. »Ich weiß nicht, was daran witzig sein soll.«

»Ach, Bea, jetzt stell dich doch nicht so an«, sagte Lucía.

»Ich hab's satt, dass ihr über mich lacht. Klar, ihr seid alle perfekt und könnt das alles. Lasst mich doch in Ruhe.«

Bea nahm ihre Sporttasche und verschwand, ohne sich umzuziehen. Lucía starrte ihr mit offenem Mund nach. Sie konnte es nicht glauben: Bea hatte sie einfach im Stich gelassen! Und alles nur, weil ihr ein Schritt nicht gelingen wollte. In der Ballettschule wurde geübt und geübt, bis man es konnte. Und war es beim Geigenunterricht nicht auch so? Was war bloß mit Bea los?

»Sie ist zu weit gegangen«, beklagte sich Lucía. Sie war verletzt. »Ich gebe mir alle Mühe, eine Choreografie auf die Beine zu stellen, und sie lässt uns mitten in der Probe stehen.«

»Nimm es ihr nicht übel, du weißt doch, wie schwer es ihr fällt«, riet Susana.

»Vielleicht habe ich auch ein wenig mit meinen Scherzen übertrieben«, entschuldigte sich Frida.

Der Gong ertönte. Sie tauschten die Trainingsanzüge gegen die Schuluniform und gingen in ihre Klassen.

Der Dickkopf schrieb schon was an die Tafel, als Lucía die Tür öffnete.

»Anscheinend haben wir was an den Ohren«, meinte er bissig. Aber zumindest sah es so aus, als würde er es ihnen nicht ankreiden.

Lucía setzte sich. Aufrecht und ganz Ohr saß sie da, um nicht aufzufallen: Sie hatte die Hausaufgaben, die er am Montag aufgegeben hatte, nicht gemacht, und wenn er sie an die Tafel riefe, käme das sofort ans Licht. Durch die Choreografie und einen Englischaufsatz hatte sie Mathe einfach nicht mehr geschafft.

»Lucía, an die Tafel.«

Verflixt!, dachte sie und fast hätte sie es laut ausgesprochen. Gehorsam trat sie vor die Klasse und vermied es, den Lehrer anzusehen. Im Augenwinkel sah sie, wie Marisa boshaft grinste, und das machte sie noch wütender. Warum rief der Dickkopf sie nie an die Tafel?

»Luis, Toni und Marisa ebenfalls«, sagte der plötzlich, als hätte er ihre stummen Vorwürfe gehört.

Sie hätte ihn dafür umarmen können, so abwegig das scheinen mochte. Jetzt war sie an der Reihe mit Lachen: Marisa hatte keine Ahnung von Mathe, und auch Toni wusste nicht, wo er hinschauen sollte.

Lucía konzentrierte sich auf ihre Aufgabe und starrte eine Weile auf die Zahlen, ohne zu wissen, was sie tun sollte. Ihr war schrecklich warm. Marisa löste ihre Aufgabe. Lucía atmete erleichtert auf, als der Dickkopf sagte, das sei falsch, sie solle es noch einmal wiederholen.

Sie nahm die Kreide, setzte an, und verharrte so eine Weile. Auf einmal vibrierte ihr Handy in der rechten Jackentasche. Ups! In der Eile hatte sie ganz vergessen, es in die Schublade zu legen. Und während der Dickkopf Toni rügte, warf sie unauffällig einen Blick auf das Display: Susana hatte ihr per WhatsApp die Lösung der Gleichung geschickt!

Ohne dass der Dickkopf etwas merkte, schrieb sie das Ergebnis an die Tafel. Als er sich ihr zuwandte und sah, dass sie die Aufgabe richtig gelöst hatte, sagte er: »Sehr gut, Lucía.« Sie wäre beinahe in Ohnmacht gefallen.

Aber am besten war das Gesicht von Marisa, die sie wohl insgeheim auf alle möglichen Arten verfluchte.

Am Ende der Stunde ging Lucía zu Susana und

erdrückte sie fast mit ihrer Umarmung. Sie hatte ihr das Leben gerettet! Es war ihr egal, dass Marisa sie eine Betrügerin schimpfte.

Auf dem Flur trafen die beiden Raquel, und sie gingen gemeinsam zu Beas Klasse, um zu klären, was während der Probe vorgefallen war. Lucías Wut war inzwischen verraucht, und sie ging davon aus, dass es bei Bea genauso war. Aber als sie in den Raum schaute, traf sie der Schlag.

Bea unterhielt sich mit Marisa, und das Schlimmste war, sie wirkte entspannt und zufrieden. Als sie ihre Freundinnen bemerkte, schaute sie sie kurz an, drehte dann verächtlich den Kopf weg und unterhielt sich weiter mit der Anführerin der Schnepfenfraktion. Frida wollte hineinstürmen und eine Erklärung von ihr verlangen, aber in dem Moment kam die Kunstlehrerin und komplementierte sie hinaus.

»Wenn sie nicht mehr mit uns reden will, bitte sehr.« Lucía war stinksauer.

Die anderen taten es als Lappalie ab. Bestimmt schmollte Bea nur wegen der Witze und am nächsten Tag wäre ihre Wut verraucht. Es war albern, das konnte nicht lange anhalten.

20

Unsere schlimmste Krise

Am Ende der Woche konnte Lucía nicht glauben, dass Bea immer noch sauer auf sie war. Die Tage verstrichen und nichts änderte sich. Es war, als ob sie in einem schlechten Reality-Show-Drama steckten.

Seit sie wutentbrannt die Probe verlassen hatte, mied Bea die anderen, wo sie nur konnte. Wenn sie sich über den Weg liefen, schaute sie in die andere Richtung; dorthin, wo sich meistens Marisa mit ihrem Gefolge befand. Seit Neuestem waren sie scheinbar unzertrennlich. Als Raquel Bea einmal zuwinkte, tat sie so, als ob sie es nicht gesehen hätte! Zudem hatte sie alle im Tuenti blockiert.

Sie sahen sie weder morgens vor Schulbeginn noch in den Pausen. Stattdessen verbrachte Marisa die Pausen bei Bea, und wenn es klingelte, ging sie zurück in ihre Klasse. Das Mittagessen war noch schlimmer, denn Bea saß als

Ehrenmitglied am Tisch der Schnepfenfraktion. Es war, als säßen sie im falschen Film.

Die Probe am Samstag mussten sie absagen, weil sie Beas Dachboden nicht mehr nutzen konnten. Außerdem war Karnevalssamstag, und den hatten die Mädchen zusammen gefeiert, seit sie sich kannten. Durch die Hektik mit dem Wettbewerb hatten sie sich diesmal keine Kostüme besorgt, aber sie hatten einen einfachen Plan gehabt: Sie wollten sich schwarze Augenringe und blutrote Lippen malen, sich Vampirfilme auf dem Dachboden ansehen und sich mit Popcorn und Süßigkeiten vollstopfen, bis sie platzten. Aber auch das konnten sie vergessen.

Lucía verbrachte das Wochenende bei ihrem Vater. Aitana benahm sich wie eine gute Schwester und wich ihr in den zwei Tagen nicht von der Seite, als spürte sie ihren Kummer. Lucía war nachgiebig und Aitana durfte bei ihr im Zimmer bleiben, während sie immer wieder die CD von Justin Bieber hörte. Die Kleine hatte sogar den ein oder anderen guten Einfall. Am Ende konnte sie das Lied auswendig und Justin hatte einen neuen Fan. Aber Lucía hatte Zweifel, dass sie das Tanzvideo fertigkriegen würden, und auch der Club der Roten Schuhe war gefährdet.

Am Karnevalsdienstag machte die Schule bei einem Kostümwettbewerb im Viertel mit. Aber es waren nur die

Grundschüler beteiligt, und sie waren ja schon auf der Oberschule.

Am Morgen nach diesen kurzen Ferien kam Frida stinkwütend in die Klasse. Sie erzählte, sie habe Bea auf der Toilette getroffen. Und weil sie glaubte, sie wären allein, hatte sie versucht mit ihr zu reden. Aber Bea hatte nur die Augen verdreht (wie die Schnepfen) und gesagt, sie solle verschwinden. Plötzlich war Marisa aus einer der Kabinen gekommen und hatte sich hinter Bea gestellt. Zum Glück hatte Frida den Schnabel gehalten, sonst wäre es zu einem Mordsstreit gekommen. Lucía verlor allmählich die Geduld, Beas Zorn war völlig überzogen und schadete ihnen allen.

Als sie Bea in der Mensa bei ihren neuen Freundinnen sitzen sah, explodierte sie innerlich.

»Marisa, diese Hexe!«

»Die Tussi ist das Allerletzte, wie eine Krake, die alles mit ihren Fangarmen manipuliert«, sagte Raquel.

»Nach allem, was sie uns angetan hat! Wie kann Bea sich da mit ihr anfreunden?«

Lucía dachte an all die Beschimpfungen und Demütigungen, mit denen die Anführerin der Schnepfenfraktion sie überzogen hatte. Und das Allerschlimmste war, dass sie ihr Eric ausgespannt hatte. Es bestand kein Zweifel mehr, dass es stimmte: Gerüchten zufolge fand sogar seine Mutter sie toll und ging mit ihr shoppen. Wie heißt es so schön: Ein Unglück kommt selten allein.

»Da ist doch was faul«, sagte Frida. »Wir müssen mit ihr reden, wenn sie allein ist.«

»Klar, bestimmt redet Marisa ihr sonst was ein. Wenn sie sich etwas in den Kopf gesetzt hat, ist ihr jedes Mittel recht«, meinte Susana.

Es ging das Gerücht um, Marisa hätte dafür gesorgt, dass eine Klassenkameradin von der Schule flog, nur, weil sie sie bei einer Arbeit nicht hatte abschreiben lassen. Es kursierten unzählige solcher Geschichten.

»Aber Bea ist auch nicht dumm«, widersprach Lucía. »Außerdem habe ich gehört, dass sie mit einer aus der Schnepfenfraktion ein gemeinsames Projekt in Werken macht, und das heißt, sie müssen sich auch außerhalb der Schule treffen.« Lucía erstarrte bei der Vorstellung. »Ob sie sie auch mit auf unseren Dachboden nimmt?«

»Oh nein!«, rief Frida, als hätte sie einen Geist oder Schlimmeres gesehen. »Hört auf damit. Bestimmt ist das alles auf Marisas Mist gewachsen.«

»Das glaube ich auch. Sie nutzt es aus, dass Bea gekränkt ist«, meinte Susana.

»Dann sollten wir noch heute mit ihr reden.«

Lucía sah, wie Marisa Bea den Arm um die Schulter legte, und ihr stellten sich die Nackenhaare auf.

»Wir treffen uns beim Olivenbaum«, sagte sie, nahm ihr Tablett und verschwand.

Unter ihrem Baum heckten sie nach dem Essen einen Plan aus. Sie konnten nicht einfach tatenlos zusehen, wie die Schnepfenfraktion versuchte, ihnen Bea abspenstig zu machen.

»Frida und ich reden mit ihr«, sagte Lucía zu den anderen, die zu ihren Füßen saßen.

Sie hob den Zeigefinger, um ihrer Aussage Nachdruck zu verleihen. »Und ihr lenkt das Rüschenhemd ab, okay?« Sie deutete auf Raquel und Susana.

Die beiden waren einverstanden.

Sie hatten folgenden Plan: Zehn Minuten vor Unterrichtsbeginn würden sie reingehen. Sie würden sich auf dem Flur herumdrücken und darauf warten, dass Marisa Bea allein ließ, wenn der Gong ertönte. Dann wollte Lucía zu ihr gehen und mit ihr reden, während die anderen den Lehrer aufhielten. Das Rüschenhemd war ein Wichtigtuer, und es gefiel ihm, wenn man ihm Fragen zu seinem Fach stellte. Wenn er etwas erklärte, kam er vom Hölzchen aufs Stöckchen. Und so hätten Lucía und Frida genügend Zeit, mit Bea zu reden.

Aber es kam anders: Der Gong ertönte und Marisa machte keine Anstalten, von Beas Seite zu weichen. Sie wurden unruhig.

»Was verdammt noch mal tut sie da? Sie vermasselt uns echt alles«, zischte Lucía.

Schließlich hörte sie, wie Marisa sich mit einem »Bis später« von Bea verabschiedete. Kurz darauf ging sie an ihnen vorbei und grinste breit. »Loserinnen«, sagte sie nur.

Lucía biss sich auf die Zunge und konzentrierte sich auf ihren Plan. Sie gab den anderen ein Zeichen, sie sollten auf der Hut sein, und packte Frida am Arm, um sie mit in die Klasse zu ziehen.

»Bea!«, rief sie, damit sie von dem Buch aufsah, das sie gerade aufgeschlagen hatte.

Bea sah sie an, als ob sie sie nicht kennen würde. Anstatt in Tränen auszubrechen oder irgendwas Rührseliges vom Stapel zu lassen, fragte sie nur knapp, was sie wollten.

»Was zum Teufel ist mit dir los?«, fragte Lucía.

»Wieso? Ich hab nur die Freundinnen gewechselt«, erwiderte sie gleichgültig.

»Was für ein Scheiß!«, entfuhr es Frida. »Freundinnen? Die?«

»Besser als andere, ja. Ihr habt ja auch neue Freundinnen, ihr braucht mich nicht mehr.«

Ruhig erklärte sie ihnen, ihre früheren Freundinnen hätten sie im Stich gelassen und sich über sie lustig gemacht, deswegen habe sie sie ausgetauscht. Dann widmete sie sich wieder ihrem Buch, als wären Lucía und Frida Luft für sie. Und als Bea noch mal aufsah und mit gespielter Unschuld fragte, ob es noch was gäbe, platze Lucía der Kragen.

»Du bist eine dumme Kuh!«, zischte sie und ließ ihrem Ärger freien Lauf. Sie knallte Bea alles an den Kopf, was ihr in den Sinn kam, ohne groß nachzudenken: Sie sei total eifersüchtig, und wenn sie die Scherze nicht einordnen könne, sei das nicht die Schuld der anderen. Sie sagte ihr, wie leid sie es war, ihren Blödsinn zu ertragen, sie hätte sich nur nie darüber aufgeregt, weil sie eine gute Freundin sei, aber Grund genug dazu hätte sie gehabt. Wie könne sie sich nur auf Cruellas Seite schlagen, fragte sie mehrfach.

Nachdem sie ihrem Ärger Luft gemacht hatte, schwieg sie. Und Bea auch. Jetzt standen ihr die Tränen in den Augen, und sie tat Lucía leid. Sie hätte sie am liebsten umarmt, aber sie rief sich in Erinnerung, dass Bea nicht mehr ihre Freundin sein wollte. Als sie sich umsah, merkte sie, dass die ganze Klasse sie anstarrte. Auch Jaime, Erics Freund. Manu und Quique fingen an zu tuscheln und deuteten unverfroren mit dem Finger auf sie. Auf einmal hörten sie die Stimme des Rüschenhemds, der inzwischen eingetroffen war und mit seinem Unterricht beginnen wollte.

Raquel und Susana hatten ihn nicht länger aufhalten können.

»Ich glaube, heute sind wir mehr als sonst.«

Lucía rannte hinaus und Frida folgte ihr. Sie verspürte eine Mischung aus Schmerz und Wut und wusste nicht, ob sie das je wieder loswerden würde.

Von: Marta diepoetinmarta@hotmail.com

Für: Bea (doremi@hotmail.com),
Frida (upwithFrida@hotmail.com),
Lucía (let'sdance@hotmail.com)

Betreff: RS4E

Anhang: Frieden.jpg

Mädels,

hier in Deutschland sagt man »sich wieder versöhnen«. Es ist so einfach, sich die Hand zu reichen, und alles ist wieder gut. Vielleicht hilft euch das.

Miss u,

RS4E

21

Der Tag der unsichtbaren Bushaltestelle

Lucía war am Boden zerstört. Nicht mal der Ballettunterricht hatte sie ablenken können. Sie verstand die Welt nicht mehr.

Sie warf sich aufs Bett und öffnete ihr Geheimniskissen. Darin bewahrte sie ein paar Erinnerungsstücke an besondere Momente mit ihren Freundinnen auf: Kinokarten, Papierservietten mit Fridas Witzen, eine Zuckermandel mit rosa Schleifchen von Beas Kommunion, deren Verfallsdatum längst abgelaufen war.

Die Prinzessinnenkrone von ihrem ersten gemeinsamen Karneval vor sechs Jahren war auch dabei. Sie wollte sie aufsetzen, aber sie war ihr längst zu klein geworden. Sie konnte sich noch genau an das Kleid erinnern, das sie getragen hatte: rosa mit vielen Volants, auch an den Ärmeln. Sie hatte Frida, Bea und Marta zu der Party in ihrem Viertel eingeladen, und sie hatten einen Mordsspaß gehabt, obwohl sie sich erst seit Kurzem kannten. Seitdem hatten sie jedes Jahr schon Wochen im Voraus ein Gruppenkostüm geplant. Einmal waren sie die Powerpuff Girls, ein anderes Mal Jojo der Affe und so fort. Das Herz wurde ihr schwer: In diesem Jahr hatten sie zum ersten Mal nicht gemeinsam Karneval gefeiert.

Lucía zog das nächste Souvenir aus dem Kissen: ein Busticket. Sie lächelte: Das Datum war noch zu erkennen: der 12. Juli vergangenen Jahres, ein denkwürdiger Tag. An dem Nachmittag hatten die vier zur Eröffnung eines Klamottenladens im Zentrum von Barcelona fahren wollen. Aber sie hatten den falschen Bus genommen und sich völlig verfranzt. War das aufregend gewesen! Sie waren durch fremde Gassen gelaufen und hatten Unbekannte nach dem Weg gefragt, die noch orientierungloser waren als sie. Erst nach Stunden hatten sie die richtige Haltestelle gefunden. Und dann hatten sie festgestellt, dass es dieselbe war, an der sie schon ganz am Anfang vorbeigekommen waren. Das war echt der Hammer! Die Erfahrung ging als »Tag der unsichtbaren Haltestelle« in die Annalen ein.

»So viele Erinnerungen«, murmelte Lucía.

Tränen kullerten über ihre Wangen, und sie verschloss das Kissen wieder. Ein Klopfen an der Tür ließ sie aufschrecken. Sie wischte sich die Augen. Ihre Mutter kam herein, setzte sich zu ihr und fragte, was los sei. Aber sie hatte keine Lust, ihr die ganze Geschichte zu erzählen. Sie

hatte das Gefühl, etwas falsch gemacht zu haben, und sie wollte nicht, dass ihre Mutter ihr auch noch Vorhaltungen machte, wie bei den Noten. Doch ihre Mutter spürte, dass etwas im Busch war.

»Wie läuft's mit den Proben für den Wettbewerb?«, fragte sie vorsichtig.

»Gar nicht.«

María wollte wissen, wie viel ihnen denn noch fehlte. Viel könne es nicht sein, bald sei ja schon Einsendeschluss. Lucía wurde angst und bange, als ihr bewusst

wurde, dass sie das Video in zwei Wochen im Kasten haben mussten. Und sie hatten noch nicht mal mit dem Drehen angefangen! Sie stellte sich vor, wie Bea mit ihren neuen Freundinnen von der Schnepfenfraktion ihr eigenes Video aufnahm. Das war echt *too much*!

»Das Team ist nicht mehr vollzählig«, sagte sie schließlich.

Ihre Mutter fragte, was vorgefallen sei, und Lucía erzählte ihr nun doch, dass Bea nach einem Streit während einer Probe die Gruppe verlassen habe. Sie musste gegen die Tränen ankämpfen. Ihre Mutter sagte, Freundinnen würden sich öfter mal überwerfen, sich aber schnell wieder versöhnen. Sie hatten doch schon oft gestritten.

»Diesmal ist es anders«, sagte Lucía mit brüchiger Stimme.

Tränen schossen ihr in die Augen. Lucía klagte über den Streit mit Bea und darüber, dass sie auf einmal Marisa vorzog; sie vermisste sie so sehr, sie vermisste sogar ihre Marotten. Außerdem wollte sie unbedingt mit ihren Freundinnen nach Berlin fahren, um Marta zu besuchen, es war so wichtig, dass sie wieder alle zusammen waren. María umarmte sie und strich ihr zärtlich übers Haar wie in Kindertagen, als sie alle naselang hingefallen war. »Dein Vater sagt immer, man weiß nicht, was man verloren hat, bis man es wiederfindet.«

»Und was heißt das?«, fragte Lucía, überrascht, dass ihre Mutter ausgerechnet ihren Vater zitierte.

»Es wird sich alles regeln.«

Als Lucía sich ein wenig beruhigt hatte, sagte María, sie würde sie zum Abendessen rufen, und ließ sie allein. »Du brauchst heute keine Hausaufgaben zu machen.«

Lucía dankte ihr ungläubig. Als sie zum Schrank ging, um ihre gefütterten Hausschuhe rauszuholen, fiel ihr Blick auf die roten Chucks. Das Symbol des Clubs, der die Freundinnen bis zum Ende aller Tage zusammenschweißen sollte – so weit die Theorie.

Sie schob das Sitzkissen beiseite und ging zum Schreibtisch, um das Tagebuch zu holen, in dem sie erst vor wenigen Wochen die zehn goldenen Regeln des Clubs niedergeschrieben hatte. Sie setzte sich wieder auf das Bett und ging eine nach der anderen durch. Am Ende wurde ihr klar, dass sie keine einzige eingehalten hatten. Sie schüttelte den Kopf und dachte, sie alle waren schuld, nicht nur Bea. Konnten sie noch einmal ganz von vorn anfangen?

22

Eine Bombennachricht!

Lucía hätte am nächsten Tag verschlafen, wenn ihre Mutter nicht gnadenlos den Rollladen hochgezogen hätte. Sie musste Lucía förmlich ausgraben, um sie zu wecken.

»Lass mich, Mama, bitte, ich will nicht«, flehte Lucía und kroch wieder unter die Decke.

»Was dich nicht umbringt, macht dich stärker«, sagte ihre Mutter und zog die Decke weg. Und dann fügte sie noch hinzu: »Es ist noch kein Meister vom Himmel gefallen.«

Von der Strategie der Milde vom Vorabend war nichts mehr zu spüren. Und offenbar bediente sie sich jetzt auch aus dem Zitatenschatz ihres Vaters.

»Ich will nicht stärker werden, ich will weiter von was Schönem träumen.«

»Nix da. Heute wirst du deine Probleme lösen«, erwiderte María unbarmherzig.

Im Schneckentempo schlich Lucía ins Bad und warf ihrer Mutter einen zornigen Blick zu, der diese vollkommen kaltließ. Aber immerhin war sie so nett gewesen, den Heizlüfter anzumachen, sodass es angenehm warm war. Sie hatte ihr auch die Schuluniform bereitgelegt.

Während das warme Wasser auf sie niederprasselte, kehrten ihre Lebensgeister zurück.

In der Schule stürmten Frida, Susana und Raquel gleich auf sie zu. Lucía war die ganze Hektik zu viel. Sie wollte einfach in Ruhe gelassen werden!

»Los, komm schon!«, riefen sie, packten sie am Arm und nahmen ihr den Rucksack ab.

»Was ist denn????«

All ihre Versuche, dahinterzukommen, was ihre Freundinnen vorhatten, wurden ignoriert; sie zerrten sie einfach immer weiter die Treppe hinauf. Es war, als ob sie von einem Taifun oder etwas noch Gewaltigerem verschluckt wurde, und sie konnte sich nicht dagegen wehren.

»Es ist *top secret*, aber du wirst es bald erfahren«, beruhigte Frida sie.

Sie gingen an ihrer Klasse vorbei direkt zum Lernraum am Ende des Flurs. Bea stand wie ein begossener Pudel in einer Ecke, keine Spur mehr von der Abgeklärtheit vom Tag zuvor.

»Was ist hier los?«, fragte Lucía.

»Du wirst schon sehen«, sagte Frida. Sie räusperte sich theatralisch, bevor sie mit ihrer Erklärung begann. Bea hatte ihr am Abend zuvor eine Mail geschrieben, sie müsse mit ihnen reden, ernsthaft, sie habe etwas herausgefunden.

»Und wieso hat sie nur dir geschrieben?«

»Na ja«, hob Bea an.

»Was, na ja?«, fauchte Lucía.

Bea gestand ihr, so wie der Streit vom Vortag geendet habe, sei sie davon überzeugt gewesen, dass Lucía ihre Mail gar nicht erst geöffnet hätte. In dem Punkt musste Lucía ihr recht geben. Es überraschte sie, dass aus Beas Stimme weder Wut noch Kälte herauszuhören war. Was war über Nacht anders geworden?

»Marisa will euch reinlegen«, sagte Bea ernst und gab damit schon die Antwort auf die Frage, bevor Lucía sie gestellt hatte.

»Das ist ja was ganz Neues«, erwiderte Lucía enttäuscht. Wenn das die Bombennachricht sein sollte.

Doch Bea erklärte ihnen das Ausmaß des Rachefeldzugs: Marisa wollte ihnen nicht nur das Leben schwermachen, wie immer, sondern sie wollte ihnen Schaden zufügen, ihnen richtig wehtun. Am Nachmittag zuvor hatte Bea gehört, wie sich Marisa mit der Schnepfenfraktion einen neuen Plan ausdachte, um ihre Teilnahme an dem Wettbewerb zu sabotieren. Sie erzähle das, weil sie mit Marisa keine gemeinsame Sache machen wolle, und sie wolle erst recht nicht, dass sie ihnen etwas antat. Sie gab zu, sie habe sich von Marisas Sirenengesang einlullen lassen. Marisa habe ihr sogar versprochen, zu ihrem nächsten Violinkonzert zu kommen, und sie habe das für bare Münze genommen. »Ich war wohl nicht ganz bei Trost«, endete Bea, und Erleichterung machte sich breit.

»Wie dem auch sei, der Wettbewerb ist für uns gestorben«, verkündete Lucía. »Wir sind keine fünf mehr.«

Lucía sah Bea durchdringend an und Bea Lucía. Jede wusste, was die andere dachte. Sie brauchten nicht laut auszusprechen, wie sehr sie all das bereuten, was sie zueinander gesagt hatten.

»Es tut mir leid.«

»Und mir erst!« Lucía umarmte Bea spontan.

»Ich hab dich vermisst.«

»Und ich euch«, erwiderte Bea, das Gesicht in Lucías roter Mähne verborgen.

Als sie einander losließen, hatten beide rote Augen.

»Alsooooo, genug der Gefühlsduselei«, sagte Frida.

Sie wollte auf das Thema zurückkommen, das ihnen unter den Nägeln brannte: Marisa und ihr hinterhältiger Plan. Bea erzählte, Marisa plane, ihnen im Sportunterricht eine Falle zu stellen, damit sie sich verletzten. Dann wäre das Scheitern beim Wettbewerb vorprogrammiert.

»Wenn sie sich solche Mühe gibt, müssen wir eine ernste Bedrohung für sie darstellen. Wir sollten uns geschmeichelt fühlen«, sagte Lucía, die überglücklich war, dass sich alles geregelt hatte.

»Das hat mir gerade noch gefehlt!«, rief Frida.

»Wir sollten der Tussi dankbar sein«, fand Raquel.

»Wann haben wir Sport?«, fragte Lucía.

»Heute in der letzten Stunde«, erwiderte Susana.

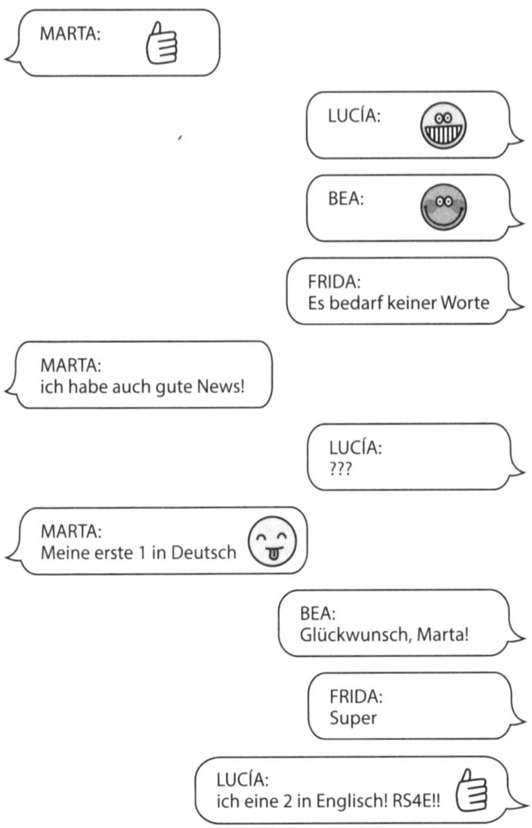

23

Eine echt stressige Stunde

Während Lucía ihre Sportsachen anzog, vergewisserte sie sich, dass Marisa nicht schon ihr Unwesen getrieben hatte: In den weißen Turnschuhen waren keine Nägel oder Ähnliches versteckt, und die einzigen Fallstricke an der blauen Hose und dem Poloshirt waren die lästigen Knöpfe. Auch Frida und Susana konnten nichts Verdächtiges finden. Das würde eine echt stressige Stunde werden!

Maite, die Lehrerin, erklärte gut gelaunt, heute würden sie an den Seilen turnen. Wie in einem militärischen Trainingslager.

»Wenigstens bleibt uns der Kasten erspart«, meinte Susana erleichtert.

»Du sagst es.«

Allein die Vorstellung, was Marisa mit den Kästen anrichten könnte, über die sie springen müssten. Maite ließ sie zum Aufwärmen zwei Runden im Innenhof laufen.

Lucía gesellte sich zu Frida und Susana, um im gemeinsamen Rhythmus laufend plaudern zu können. Sie hatten noch viele Feuerproben zu bestehen: Keulen, Reifen, Sprossenwände und Bälle waren in der Turnhalle verteilt, und jeder Gegenstand war eine potenzielle Waffe in Marisas Hand.

»Mädels, beim Laufen zu reden ist unklug, man gerät außer Atem«, warnte sie Maite, als sie an ihnen vorbeilief.

Lucía merkte schnell, dass die Lehrerin recht hatte, und kam unweigerlich aus dem Tritt. Susana, die Schreibtischtäterin, lief ebenfalls wackelig; ganz anders Frida, die sportlicher war, aber aus Solidarität bei ihnen blieb. Marisa zog mit ihren Gazellenbeinen an ihnen vorbei.

»Warte nur«, murmelte Lucía in sich hinein. Aber sosehr sie sich auch anstrengte, sie konnte die Energie für einen Sprint nicht mehr aufbringen. Und die kühle Februarluft war auch keine Hilfe. Obwohl sie innerlich von der Anstrengung glühte, taten ihr die Ohren weh, sie waren eiskalt. Outdoorsport im Winter war keine gute Idee.

»Ich geb's auf«, sagte sie keuchend.

»Mir springt das Herz gleich aus der Brust«, erwiderte Susana.

Sie hatten noch eine halbe Runde vor sich. Frida feuerte sie von hinten mit Durchhalteparolen an. Und sie erinnerte sie daran, wie gefährlich es war, Marisa aus den

Augen zu verlieren. Lucía holte noch einmal Luft und mobilisierte ihre letzten Kräfte, um ins Ziel zu gelangen. Die letzten Meter gingen sie.

In der Turnhalle angekommen, hätte Lucía sich am liebsten auf den Boden geschmissen und eine Verschnaufpause eingelegt. Doch sie mussten sich sofort einreihen, um an den drei Seilen hochzuklettern, die bereits von der Decke baumelten. Maite verteilte sie auf verschiedene Reihen. Getrennt waren sie für Marisa leichter angreifbar, aber was blieb ihnen anderes übrig. Frida gab ihnen ein Zeichen, sie sollten die Augen offenhalten. Lucía und Susana nickten, ihnen würde nichts entgehen.

Lucía war so auf die Seile konzentriert, dass sie nicht mitbekam, dass ein Ball auf sie zuflog. Sie bekam ihn fast ins Gesicht.

»Hilfe!«, schrie sie und stieß ihn weg, als ob er sie angreifen würde.

»Vielleicht passt du jetzt besser auf!«, tadelte sie Maite.

Sie hatte gar nicht gemerkt, dass die Lehrerin Bälle verteilte. Sie sollten sich die Bälle gegenseitig zuwerfen und sich damit die Zeit vertreiben, bis sie mit Klettern dran waren, damit sie nicht auskühlten. Ihre Freundinnen hatten bereits Partner zugeteilt bekommen.

Lucía nahm den Ball vorsichtig mit beiden Zeigefingern und kontrollierte ihn Millimeter für Millimeter, um sich zu vergewissern, dass nichts drinsteckte, woran sie sich verletzen konnte.

»Bist du bescheuert oder was?«, fragte Toni, der vor ihr stand. Er war ihr Partner.

»Ich hatte nur einen Krampf«, entschuldigte sie sich ein wenig beschämt.

»Dann komm mal in die Gänge! Ich hab keine Lust, beim Klettern auch einen Krampf zu kriegen und vorzeitig 'nen Abgang zu machen.«

Lucía warf den Ball mit voller Wucht und hätte nun Toni um ein Haar mitten im Gesicht getroffen.

»He! Pass doch auf!«, maulte er. Er fuhr sich mit der Hand durchs Haar und strich es nach hinten.

»'tschuldigung, hab ich dir jetzt die Frisur ruiniert?«

Toni sagte, wenn sie ihn im Gesicht träfe, könne sie was erleben, und die nächsten Minuten warfen sie betont umsichtig. Hin und wieder bat er sie, eine Pause zu machen, und betrachtete die Form seines Unterarms, wenn er den Ball hielt. Wie peinlich!

»Jetzt weiter mit den Keulen«, verkündete Maite; sie sammelte die Bälle ein und ließ die Keulen über den Boden rollen, damit jeder sich eine nahm.

Lucía warf einen Blick auf die Seile, an denen die Mitschüler hochzuklettern versuchten. Es dauerte noch etwas, bis sie an der Reihe war. Da hochzuklettern war nicht leicht. Viele blieben unterwegs hängen und wussten nicht, ob sie weiter hoch- oder wieder runterklettern sollten, während Maite sie drängte, es weiter zu versuchen, alles zu geben.

Lucía sah argwöhnisch zu Marisa hinüber. Sie kletterte gerade betont sexy mit rausgestrecktem Hintern das Seil hoch.

»Die hat Stil, was?«, sagte Toni, der ihr sabbernd zusah.

Lucía wandte sich ab und stolperte auf einmal über etwas, das eindeutig nicht der Boden war. Im ersten Moment dachte sie, Marisa hätte aus der Höhe irgendwas gedreht, damit sie hinfiel. Aber als sie genauer hinsah, stellte sie fest, dass sie selbst schuld war: Sie hatte die Keule am Boden vergessen. Zum Glück war sie nur gestolpert.

»Nicht wie andere …«, stichelte Toni mit erhobenem Kinn.

»Sei still«, fauchte Lucía. Schon wieder kämpfte sie gegen die Scham. Seit Beginn der Stunde hatte sie sich nur lächerlich gemacht.

Weil sie so lahme Enten waren, waren sie als Letzte dran. Lucía starrte das vier Meter lange Seil hinauf, es kam ihr bedrohlich vor. Es war egal, dass ein Teil der Klasse schon daran hochgeklettert war, Marisas Pläne waren hinterhältig und unvorhersehbar, man durfte nichts und niemandem trauen. Sie spürte einen kühlen Windhauch im Nacken.

Mit beiden Händen griff sie nach dem Seil und zerrte mit aller Kraft daran. Wieder und wieder … Offenbar war es ordentlich befestigt. Sie blickte zu Susana und Frida hinüber, denen es ähnlich ging wie ihr: Sie hatten Angst um ihre Knochen.

»Heute noch, wenn's geht!«, rief Maite.

Sie versprach ihnen, dass das Seil halten würde, es sei noch nie runtergekommen.

»Es gibt immer ein erstes Mal«, erwiderte Frida.

Lucía nahm ihren Mut zusammen und begann, das Seil hinaufzuklettern. Immer wenn sie ein Stück geklettert war, schaute sie nach unten und überlegte, wie sehr sie sich wehtun würde, wenn sie jetzt runterfiele. Sie klammerte Hände und Füße fest um das Seil, als könnte ihr das helfen. Sie kletterte noch ein Stück.

Auf der Hälfte angekommen, hatte sie genug und ließ sich runterrutschen, beinahe wäre sie am Ende auf dem Hosenboden gelandet. Susana erging es ähnlich. Nur Frida kletterte bis ganz oben zur Decke. Sie war wirklich ein Crack! Das schafften nur wenige. Lucía klatschte in die Hände, aber nur einmal, denn ihre Arme schmerzten von der Anstrengung.

Gemächlich gingen sie mit dem Gefühl zur Umkleide,

den Abschlusspreis gewonnen zu haben: Sie hatten die Stunde unverletzt und mit heilen Knochen überstanden. Da rief Susana plötzlich: »Die Umkleide! Unsere Sachen! Marisa!«

Im Überschwang hatten sie gar nicht bemerkt, dass alle anderen schon vor ihnen in der Umkleide waren. Natürlich auch Cruella. Lucía begriff sofort, was Sache war und sah Frida an: Marisa hatte freie Bahn, sie konnte mit ihren Klamotten machen, was sie wollte!

»Los, schnell!«, befahl Frida, nichts Gutes ahnend.

Sie gaben noch einmal alles.

Die meisten Mädchen waren schon auf dem Weg zum Schulgebäude, um ihre Sachen zu holen und nach Hause zu gehen. Lucía spähte in alle Richtungen: Keine Spur von Marisa. Man hörte auch kein Wasser in der Dusche laufen, und ihre Klamotten hingen unberührt an den Haken.

Sich in Sicherheit wähnend, zogen sie sich um und gingen erschöpft ebenfalls zur Klasse.

Lucía öffnete das Vorhängeschloss an ihrem Schließfach und freute sich, dass der Tag ohne Zwischenfälle zu Ende gegangen war. Doch als sie es öffnete, wurde sie leichenblass. Es lag etwas darin, womit sie nicht gerechnet hatte, etwas, das gemeiner war als alles, was sie sich hatte ausmalen können … Sie drehte sich zu Frida und Susana um, die genauso gelähmt waren wie sie. Die drei Schließfächer enthielten alle dasselbe, einen weißen Zettel mit einem einzigen Wort:

Auf den ersten Blick war es kindisch, aber es zeigte, wie bösartig Marisa sein konnte. Lucía machte ein Foto und schickte es Marta, damit sie sich ein Bild machen konnte, was diese Hexe ihnen antat.

»Soll das heißen …«, sagte Frida.

Alle drei dachten dasselbe. Marisa hatte ihnen einen Schreck eingejagt, aber hinter der Botschaft steckte mehr, als es den Anschein hatte: Marisa wusste, dass sie Angst vor ihr hatten, und sie wusste auch, dass Bea sie gewarnt hatte. Und warum? Weil alles, absolut alles, Teil ihres fiesen Plans war. Marisa hatte sie an der Nase rumgeführt, und das nicht zu knapp …

LUCÍA
Heftig, das mit Marisa

MARTA:
???

LUCÍA:
Erklär's ihr, Bea

BEA:
Sie ist sehr allein

FRIDA:
Ihre Eltern sind immer auf Reisen

LUCÍA:
Und bringen ihr Geschenke mit

FRIDA:
Sie tut mir nicht leid

LUCÍA:
Mir auch nicht

MARTA:
Sie hat's schwer …

LUCÍA:
Sie macht UNS das Leben schwer …

FRIDA:
Nicht mehr! Samstag holen wir alles nach!

LUCÍA:
Erst Beas Konzert, dann Proben bis zum Umfallen. Sonntag: lecker Tapas von Oma, mmmmmm

BEA:
Ich hab immer noch Muskelkater

MARTA:
Perfekt!!!

LUCÍA:
Sonntag nehmen wir auf

BEA:
Fridas Vater hat ne super Kamera

FRIDA:
Es muss Feuer dahinter sein.

MARTA:
??

LUCÍA:
Damit es nicht schnaaaaarchig wird … besser übertrieben inszeniert

MARTA:
War Marcos da?

FRIDA:
Nein

LUCÍA:
Du wirst schon noch mit ihm reden!

MARTA:
Und Eric?

LUCÍA:
Nichts, immer noch krank

FRIDA:
Der aus der 8.?

MARTA:
Hallo, tschüss, mehr nicht

LUCÍA:
Pffff, Jungs! RS4E!

24

Die Kussfrage

Die nächste Woche fing völlig normal an. Nachdem Lucía ein paar Tage mit Argusaugen durch die Schule geschlichen war, hatte sie die Bedrohung durch Marisa vergessen. Gerüchten zufolge trainierte Marisa jede freie Minute mit der Schnepfenfraktion, so wie sie es auch taten. Doch der Gedanke, sie könnte Schlimmeres geplant haben, als sie bei dem *Bravo*-Wettbewerb vernichtend zu schlagen, war am Montag bereits in den Hintergrund getreten.

Alles schien bestens zu laufen. Bis zur Sozialkundestunde. Das Mittagessen nahte, und Lucía war gedanklich schon mehr bei den Spiegeleiern, die es heute gab, als beim Thema der Stunde. Weil sie die Frage der Lehrerin nach den Klimazonen der Erde falsch beantwortete, wurde sie dazu verdonnert, nach dem Mittagsessen im Lernraum den Stoff zu wiederholen.

Den würzigen Geschmack der Spiegeleier noch im

Mund, machte sie sich auf den Weg, um ihre Strafe anzutreten. Allein bei der Vorstellung fing sie schon an zu gähnen.

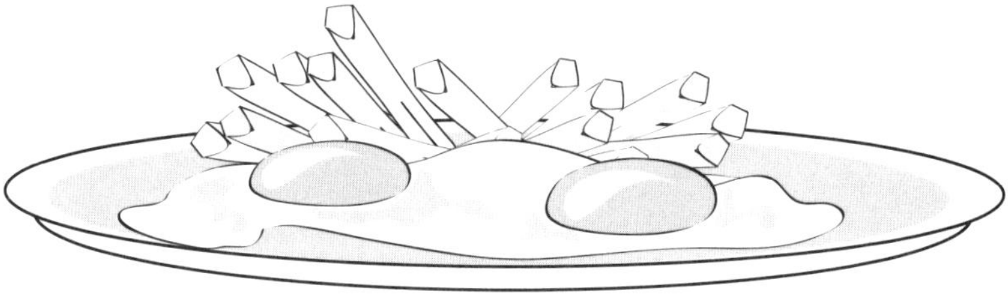

Doch als sie die Tür zum Lernraum öffnete, war sie mit einem Schlag hellwach: Eric war auch dort. Wie angewurzelt stand sie da, den Türgriff in der Hand.

»Mach die Tür zu!«, rief die Aufsicht.

Lucía gehorchte. Seit wann war Eric wieder in der Schule? Sie würde ihn nicht ansprechen, sollte er doch mit seiner Freundin reden, wenn er Redebedarf hatte. Aber als sie nach einem freien Platz suchte, stellte sie fest, dass es nur noch einen gab, und zwar direkt neben ihm. Es blieb ihr nichts anderes übrig, als sich dort hinzusetzen.

»Hallo«, sagte er, als könne er kein Wässerchen trüben.

»Pssst«, zischte die Aufsicht schlangengleich.

Lucía nickte nur kurz. Danach schlug sie ihr Sozialkundebuch und ihr Heft auf. Während sie den ersten Satz las, schielte sie zu Eric hinüber und sah, dass er sie durch seine blonde Mähne anstarrte. Wie sollte sie sich da aufs Lernen konzentrieren? Sie stützte den Kopf in die Hand, um sich abzuschirmen.

Auf einmal vernahm sie ein Flüstern, direkt an ihrem Ohr. Als sie aufschaute, bemerkte sie, dass er vor ihr stand, die Arme auf den Tisch gestützt. Sie hatte gar nicht bemerkt, dass die Lehrerin inzwischen den Raum verlassen hatte.

»Lucía«, flüsterte Eric, als wollte er ihr ein Geheimnis verraten.

Ihr kam es so vor, als ob er sie noch nie direkt mit ihrem Namen angesprochen hatte, oder zumindest nicht auf diese Weise. Aber so leicht würde er sie nicht rumkriegen.

Sie fragte knapp: »Was ist?«

Er runzelte die Stirn, wie ihre Mutter, wenn sie auf hundertachtzig war. Und jetzt sollte sie gute Miene zum bösen Spiel machen. Aber er musste wohl kapiert haben, dass etwas schieflief, denn er sah besorgt aus.

»Was willst du?«, fragte sie noch mal.

Eric öffnete den Mund, schloss ihn dann aber wieder. Am Ende kamen ihm ein paar Brocken über die Lippen, die sich anhörten wie »Hast du was?«. Beinahe hätte Lucía ihn angeschrien, aber sie riss sich zusammen. Ob sie etwas hatte? Hitze stieg ihren Hals hinauf. Dann platzte sie heraus: »Deine Freundin hat mir klargemacht, dass wir nichts miteinander zu besprechen haben.«

Eric wurde knallrot, und der Mund stand ihm offen. Lucía wartete darauf, dass er sich zumindest entschuldigte.

»Welche Freundin?«, fragte er dann, eher wütend als erstaunt.

Jetzt sah Lucía aus wie ein Fisch, der nach Luft schnappt. Als sie die Sprache wiedergefunden hatte, erzählte sie ihm die ganze Story von Marisa. Je länger er zuhörte, desto wütender wurde er. Lucía sprach hastig, falls die Lehrerin zurückkam und sie mittendrin unterbrach. Sie erzählte ihm, wie wütend sie gewesen war, dass Marisa ihn ihr ausgespannt hatte. Da hätte sie eigentlich gleich sagen können: »Hallo, ich bin verrückt nach dir«. Aber Eric schien sich mehr Gedanken um das Gerücht zu machen als darum, dass sie ihm gerade ihre Gefühle offenbart hatte.

»Was hat es mit dieser Kusskrankheit auf sich?«, wollte er wissen.

Lucía wurde rot. »Nun, die bekommt man, wenn … wenn man geküsst wird«, erklärte sie stockend.

Eric erzählte ihr, er habe Hepatitis gehabt, daher hatte er so lange zu Hause bleiben müssen. Seine Haut war davon so gelb wie Muschelfleisch geworden. Er hatte fast die ganze Zeit im Bett verbracht, und zu allem Überfluss war das auch noch superansteckend. Noch nicht mal den Computer hatte er angemacht! Heute war er das erste Mal wieder in der Schule, und bisher hatte er auch noch niemanden gesehen; nicht mal seine Freunde. Lucía flippte aus bei dem Gedanken, dass keiner es für nötig gehalten hatte, ihm von den Gerüchten zu erzählen, und sei es am Telefon!

»Dann gab es also gar keinen Kuss?« Das war ihr so rausgerutscht. Na, was soll's, da musste sie jetzt durch.

»Mit Marisa? *Never ever!*«

Der Gong ertönte. Die Schüler aus dem Lernraum drängelten sich durch die Tür. Auch Lucía stand auf, und die beiden machten sich auf den Weg Richtung Tür.

Lucía fühlte sich wie das glücklichste Mädchen der Schule, ja der ganzen Welt. Das musste sie sofort den Mädels erzählen! Sie schlüpfte so eilig hinaus, als sich eine Lücke auftat, dass sie völlig vergaß, sich von Eric zu verabschieden. In dem Moment war ihr nicht klar, dass er ihr wohl noch viel mehr zu erzählen hatte.

AMÉRICA
DEL
NORTE
EUROPA
ASIA
OCÉANO
ATLÁNTICO
ÁFRICA
OCÉANO
PACÍFICO
OCÉANO ÍNDICO
OCEANÍA
ANTÁRTIDA

25

Wer Wind sät, wird Sturm ernten

Nachdem Lucía den Mädels alles brühwarm erzählt hatte, konnte sie sich nicht beherrschen, als Marisa an ihnen vorbei ins Klassenzimmer stolzierte.

»Na, hast schon mit deinem Freund gesprochen?«, fragte sie. »Moment, welcher Freund doch gleich?«, korrigierte sie sich und fing an zu kichern.

»Sei das nächste Mal schlauer und erfinde einen, der nicht auf unsere Schule geht«, schlug Susana vor.

»Lügen haben kurze Beine, das weiß doch jedes Kind«, sagte Frida.

Marisa sah sie mit dunklen, zusammengekniffenen Augen an und drohte ihnen mit Vergeltung, wenn sie nicht endlich die Klappe hielten. Doch wie konnten sie sich diese Chance entgehen lassen?

Marisas Anhängerinnen standen neben ihr und sahen sie entsetzt an, die Augen weit aufgerissen und die Münder ein perfektes »O«. Lucía fragte sich, ob sie die Wahrheit kannten oder ob auch sie getäuscht worden waren. Sie hätte sie gerne direkt vor Marisa gefragt, um sie bloßzustellen, doch in dem Moment kam der Mathelehrer herein, und sie mussten sich setzen.

Ihr Display leuchtete auf, und sie sah, dass Susana ihr über die Siegergruppe in WhatsApp eine Nachricht geschickt hatte.

»Marisa Pokerface .«

»Wir haben ihren Bluff durchschaut«, schrieb Frida.

»HAHAHAHA«, erwiderte Lucía beflügelt.

»Ich gebe ihr 4 Punkte«, schrieb Raquel.

»Ich 2!«, lautete der Kommentar von Bea.

Der Dickkopf wählte gerade neue Opfer aus, die er an der Tafel triezen konnte. Anscheinend hatte die gute Note bei der letzten Gleichung Lucía eine kleine Verschnaufpause verschafft. Sie konnte sich voll und ganz dem Chat über den Zweikampf mit Marisa widmen. Mit jedem Kommentar und jedem Lachen sank sie tiefer in den Stuhl. Als die Stunde zu Ende war, schoss sie wie ein Pfeil davon und schwänzte die letzte Stunde. Eigentlich sollte sie sich schämen.

Am Nachmittag gingen die Mädchen ins Einkaufszentrum, um sich für den Videodreh am Sonntag Klamotten zu kaufen. Nachdem sie verschiedene Outfits anprobiert hatten, wurde ihnen klar, dass sie in puncto Geschmack nie auf einen Nenner kommen würden.

»So was zieh ich nicht an, nie im Leben!«, sagte Frida über den Rock, den Lucía ausgesucht hatte.

»Also kanariengelb kommt für mich nicht infrage«, lautete Susanas Kommentar zu dem T-Shirt, das Frida ausgewählt hatte.

Am Ende kamen sie überein, dass jede das tragen sollte, worin sie sich am wohlsten fühlte. Warum sollte man sich das Leben unnötig schwermachen?

Von: Marta (diepoetinmarta@hotmail.com)

An: Bea (doremi@hotmail.com),

Frida (upwithFrida@hotmail.com),

Lucía (let'sdance@hotmail.com)

Betreff: Interessante Leute

Anhang: Garderobe.jpg

Hallo meine Schööööönen,

heute habe ich interessante Leute kennengelernt. Nicht alle hier sind unsensibel (trotz der Kälte) ;). Es handelt sich um einen Jungen und ein Mädchen aus meiner Klasse, Kellen und Viveka. Nach Mathe haben sie mich gefragt, ob ich am Samstag mit ihnen und ihren Freunden ausgehen möchte. Er ist ein

Riesenfan von einer englischen Band namens Muse und wohnt bei mir in der Nähe, sie kennt die Namen von allen Schauspielerinnen und Schauspielern im Fernsehen und ist supernett. Die beiden spielen in einer Band, sie heißt The Big Ones. Ich halte euch auf dem Laufenden!

Miss u,

RS4E

PS: Ich habe schon angefangen, mir Gedanken zu machen, was ich anziehen soll, damit ich zu euch passe. Was haltet ihr hiervon?

26

Willst du mitfahren?

Es war Dienstag, und Lucía hatte Ballettunterricht. Als sie sich auf den Heimweg machen wollte, goss es in Strömen. Sie hatte zwar einen lila Schirm im Rucksack, aber bei den Wassermassen und dem Wind würde ihr der nicht viel nützen. Außerdem trug sie die roten Chucks, und die würden auf dem Weg zur Bushaltestelle total durchweichen. Ganz zu schweigen von dem Risiko, sich womöglich eine Lungenentzündung einzufangen.

Ihre Mutter wollte sie eigentlich nicht anrufen, die würde sie nur daran erinnern, wie oft sie ihr schon angeboten hatte, sie abzuholen, und sie hatte immer abgelehnt. Ihre Rechtfertigung: Sie sei zu alt dafür, sie könne allein nach Hause fahren, danke. Doch vielleicht war die Sintflut eine Ausnahme.

Sie klappte erst mal den Schirm zu und suchte Schutz unter dem Sims des Tanzschulgebäudes. Vielleicht würde der Himmel trotz der schweren grauen Wolken bald aufklaren. Nach und nach kamen die anderen Ballerinas heraus und verabschiedeten sich von ihr.

Am Ende stand sie ganz allein vor der Tür. Sie blickte zum Himmel: Die dicken Wolken waren immer noch da, und es sah so aus, als würden sie noch die nächsten drei Monate ihre Fracht abladen.

»Pffff«, schnaubte sie genervt. Sie hasste es, wenn sie bei ihrer Mutter klein beigeben musste.

Aber sie biss die Zähne zusammen, nahm das Handy und rief sie an. Wahrscheinlich war sie noch in der Agentur.

»Geh wieder rein und warte auf mich. In zwanzig Minuten bin ich da«, sagte sie sofort.

Doch Lucía wollte nicht wieder rein, sie hatte sich schon von allen verabschiedet. Außerdem waren jetzt die Älteren an der Reihe, und sie bekam immer Komplexe, wenn sie sah, wie gut sie tanzten. Sie beschloss, sich im Eingangsbereich herumzudrücken, damit ihre Mutter sie herauskommen sah und nicht schimpfte. Durch die Glastür konnte sie alles beobachten, was draußen vor sich ging.

Es waren noch keine zehn Minuten vergangen, als ein Auto genau vor der Tür hielt, ein Fenster wurde heruntergelassen. Sie tat so, als ob sie in eine andere Richtung blickte, sie wollte nicht neugierig wirken. Doch es war Eric, der den Kopf aus dem Beifahrerfenster streckte und nach ihr rief. Es fühlte sich an, als würde sie träumen.

Lucía kam aus der Eingangshalle, öffnete den Schirm und ging um die Pfützen herum zum Auto.

»Willst du mitfahren?«, fragte er.

Sie grüßte Erics Mutter und sagte: »Danke, aber ich warte auf meine Mutter.«

Sie ballte die Fäuste, um nicht laut damit rauszuplatzen, was sie wirklich dachte: Wäre er nur ein bisschen früher gekommen, hätte sie mit ihm fahren und am nächsten Tag alles brühwarm den Mädels erzählen können. Aber jetzt hatte sie ihrer Mutter schon Bescheid gegeben.

»Bist du sicher?«, fragte er nach.

Sie stellte sich die Strafe vor, die

sie erwartete, wenn ihre Mutter vorfuhr und sie schon weg war. Sie entschied sich dafür, ihren Hals zu retten, dankte ihm und verabschiedete sich. Sie glaubte, einen Ausdruck des Missfallens in seinem Gesicht zu sehen, aber vielleicht bildete sie sich das auch nur ein. Eric hatte sich eingesetzt, er hatte seine Mutter dazu gebracht, anzuhalten, und alles nur, um mit ihr zu reden.

Benommen sah sie Eric durch den Regen wegfahren.

Als sie ihre Mutter rufen hörte, stand sie ziemlich durchnässt mitten auf dem Bürgersteig unter dem von Wind und Regen gebeutelten Schirm.

»Hatte ich dir nicht gesagt, du sollst drinnen warten?«, tadelte María sie, kaum dass sie im Auto saß.

Lucía lächelte nur, sie war immer noch hin und weg.

»Was ist mit dir? Du bist ja völlig weggetreten. Was ist das nur für eine Zeit heutzutage, wer soll euch verstehen. Eben noch hast du mich aufgebracht angerufen, weil es regnete, und jetzt scheinst du das glücklichste Mädchen der Welt zu sein.«

Während María ohne Unterlass über die schlechten Zeiten und die Autofahrer schimpfte, die vor ihr herschlichen, dachte Lucía an Eric. Das vom Regen feuchte blonde Haar hatte ihm fantastisch gestanden, und sie war ihm so nah gekommen, nur das halb heruntergelassene Fenster hatte sie getrennt, und er hatte sie mit diesen unglaublichen grünen Augen angesehen. Ein Schauer lief ihr über den Rücken. Sie wusste nicht, ob er ihr nach allem, was passiert war, immer noch etwas Wichtiges zu sagen hatte. Zumindest schien er an ihr interessiert zu sein, und sie wollte ihn nicht unter Druck setzen.

Start Profil Nachrichten Leute Videos Suchen Fotos herunterladen

Currywurst

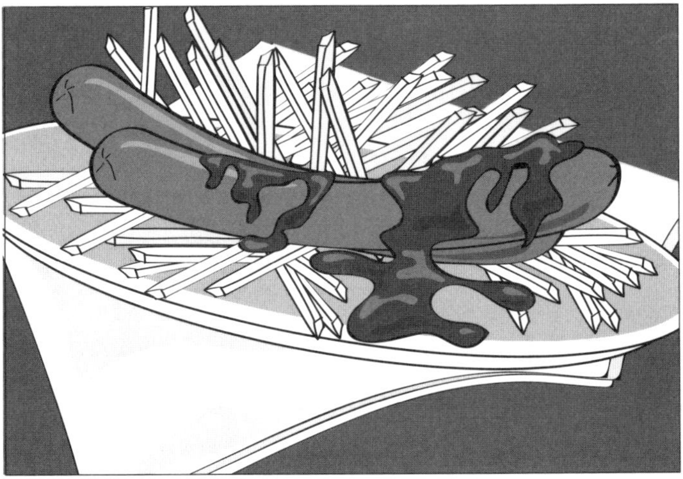

4 Gefällt mir

LUCÍA: Sieht lecker aus

MARTA: Ich kann keine Wurst mehr sehen

FRIDA: Soll ich dir eine Tortilla schicken?

MARTA: Oh jaaaaaaaa!!!!!

BEA: Wenn wir kommen, mache ich dir 1

FRIDA: Wenn? Wir kommen auf jeden Fall!!!!!!

LUCÍA: Of course!!!!! RS4E an die Macht!!!!

27

Wir haben eine Kamera

»Ich hab Marcos gebeten, uns bei dem Video zu helfen«, sagte Bea nach Luft schnappend, als sie mit der Probe in der Turnhalle fertig waren.

Alle Blicke wanderten zu ihr und dann zu Frida, die nicht wusste, was sie sagen sollte. Nachdem sie die Choreografie ungefähr dreißig Mal wiederholt hatten, waren sie schweißgebadet.

Als zerrte der Zeitdruck nicht schon genug an ihren Nerven! Jetzt war womöglich auch noch Marcos beim Dreh dabei. Ein Junge sah ihnen beim Tanzen zu!

»Wie bitte? Wie bist du denn darauf gekommen?«, fragte Frida entsetzt.

Frida machte keinen Hehl daraus, wie schlecht sie die Idee fand: Und wenn sie sich vertanzte? Und wenn sie einen Fehler machte? ER WÜRDE ALLES SEHEN!

»Der Vorschlag kam von mir«, gestand Susana. »Wir brauchen Unterstützung, und so kannst du endlich mal mit ihm reden, Frida.« Sie griff den Plan mit den vorbereiteten Sätzen wieder auf. Marcos hätten sie nicht mehr gesehen, seit sie das Lied ausgesucht hatten, und das wäre doch die Gelegenheit, ihm zu zeigen, dass sie kein kleines Mädchen war.

»Ich weiß nicht, ich …«, wollte Frida protestieren, aber Bea fiel ihr ins Wort.

»Er lernt für die Eignungsprüfung an der Uni, und ich werde ihm jetzt nicht absagen. Außerdem hat er ein Video für ein Unterrichtsprojekt gedreht und dafür eine Eins bekommen«, erklärte Bea.

Mitten in der Diskussion, ob Marcos sie unterstützen oder ob sie einen Erwachsenen darum bitten sollten, ertönte der Gong. Es waren zwischendrin auch andere Punkte zur Sprache gekommen, wie die Frage, ob er sich nicht statt dauernd zu »lernen« etwa mit einem Mädchen traf. Sie zogen sich um, und auf dem Weg zum Klassenraum schwor Bea Frida immer wieder, dass ihn nur Jungen besuchten, das letzte Mal, das ein Mädchen ihn angerufen hatte, sei im Sommer gewesen, oder es sei sogar noch länger her.

28

Pech

Als sie zu ihrer Klasse kamen, war die Tür geschlossen. EIN SCHLECHTES ZEICHEN. Lucía hoffte inständig, dass sie durch den Wind zugeschlagen war und nicht etwa, weil die Elster schon auf ihrem Platz thronte. Doch genau so war es. Nach dem üblichen »Ein bisschen zu spät ist viel zu spät« bekam jede einen Eintrag ins Klassenbuch. Der schlägt auf der Waage direkt zugunsten des NACHHILFELEHRERS zu Buche, dachte Lucía. Ihre Mutter erinnerte sie ständig an das Damoklesschwert, obwohl ihre Noten zuletzt sehr gut waren. Wenn sie sie auf der Couch vor einem Film rumlümmeln sah, ließ sie wie nebenbei fallen, als hätte es nichts mit ihr zu tun: »Ich glaube, der Nachbar aus dem fünften Stock kennt sich hervorragend mit Mathematik aus.«

Oder wenn sie plötzlich ohne Ankündigung im Zimmer stand – eine schlechte Angewohnheit von ihr – und sie beim Chatten erwischte: »Ich habe von einer englischen Sprachschule gehört, die soll wahre Wunder vollbringen!«

Lucía brachte dann die erstbeste Entschuldigung vor, die ihr in den Sinn kam: Ihre Augen seien übermüdet gewesen, sie würde alles im Kopf noch einmal durchgehen, es ist alles hier drin – dabei tippte sie sich an die Stirn. Und sie steckte den Kopf sofort wieder in die Bücher.

Lucía setzte sich und schlug das Heft auf, um die letzten Aufgaben durchzugehen. Auf einmal hörte sie ohrenbetäubenden Lärm, und die Lehrerin stieß einen spitzen Schrei aus, der die Fensterscheiben fast zerbersten ließ.

Als sie aufschaute sah sie, dass die Elster aufsprang und wie ein Panther auf Frida am anderen Ende des Raumes zuschoss. Als sie begriff, was los war, eilte auch sie sofort zu ihrer Freundin: Frida lag auf dem Boden, ihr Fuß von einem Teil des Stuhls eingeklemmt, der offenbar zusammengebrochen war. Alle Schüler kamen angelaufen, um zu sehen, was los war.

»Da schaut ja der Knochen raus!«, rief Toni entsetzt.

»Halt den Mund, Toni«, keifte die Elster.

Auch wenn nicht stimmte, was Toni sagte, sah die Sache doch übel aus. Frida war hart im Nehmen: Lucía hatte sie so gut wie noch nie weinen sehen. Und deshalb wusste sie, als sie die Tränen in ihren Augen sah, dass sie sich ganz schön wehgetan haben musste.

»Ich mach das schon«, sagte Lucía und half ihr, aufzustehen.

Susana sollte die Klasse beaufsichtigen, während die Elster mit Frida und Lucía zum Lehrerzimmer ging, wo der Erste-Hilfe-Kasten hing. Frida verzog jedes Mal das Gesicht, wenn sie den Fuß bewegte.

»Bist du okay?«, fragte Lucía.

»Es ging mir schon besser.«

Der Raum war voll mit plaudernden, Kaffee trinkenden Lehrern. Als sie die Verletzte sahen, stellten sie sofort einen Stuhl bereit, auf den Frida sich setzen konnte; sie zogen ihr die Schuhe und die Strumpfhose aus: Der rechte Fuß war geschwollen und färbte sich dunkelblau. Womöglich war er gebrochen.

»Sie muss sofort ins Krankenhaus«, stellte die Elster fest.

»Ich begleite sie«, sagte Lucía, ohne nachzudenken.

Doch die Elster war anderer Ansicht. Sie befahl ihr, ofort in die Klasse zurückzukehren, sie habe im Krankenhaus nichts zu suchen. Sie würde die Eltern verständigen, damit sie gleich ins Krankenhaus kämen. Fridas Vater war Kinderarzt und würde mit den Ärzten sprechen.

Lucía widersetzte sich, aber es war vergeblich. Sie versprach Frida, sie am Nachmittag anzurufen, und schlurfte zur Klasse zurück, als trüge sie Stiefel aus Blei.

»Schau mal«, sagte Susana, als sie in die Klasse zurückkam. Sie öffnete ihre Hand und zeigte ihr eine Schraube. Dann ging sie zu Fridas Stuhl und zeigte ihr das Loch, wo sie herstammte. Kein Zweifel: sie passte perfekt. Sie untersuchten auch die anderen Stuhlteile und stellten fest, dass alles ordentlich befestigt war, bis auf das eine Teil, das sich abgelöst hatte. Das konnte nur eines bedeuten: Die Schraube war nicht abgefallen, jemand hatte sie herausgedreht.

»Das riecht nach Absicht«, sagte Lucía. In ihrem Kopf drehte sich alles.

Die Schüler waren außer Rand und Band. Sie saßen auf den Tischen und unterhielten sich lautstark über das kommende Wochenende. Lucía und Susana zogen sich zur Lagebesprechung in eine Ecke zurück: Jemand hatte die Schraube absichtlich entfernt. Das war kein Streich, das war eine üble Attacke.

»Wer …«, hob Lucía an.

Doch sie brauchte nicht weiterzusprechen. Wer hatte ihnen gedroht? Ihre Blicke wanderten zu der Verdächtigen: zu Marisa, die mutterseelenallein an ihrem Tisch saß. Seit ein paar Tagen war sie nicht mehr wie sonst von ihrer Gefolgschaft umgeben. Marisa musste ihre Blicke wohl bemerkt haben, denn sie drehte sich langsam zu ihnen um, sah sie an und grinste! Das Grinsen war so boshaft, dass es schon irre Züge hatte. Lucía stellten sich die Nackenhaare auf.

»Sie war's«, behauptete sie glattweg.

Sie schrieb eine WhatsApp in die Siegergruppe. Raquel und Bea wussten ja noch nichts von dem Malheur. »Dringendes Treffen in der Pause.«

Als Erste antwortete Bea, die offenbar mehr mit dem Handy beschäftigt war als mit dem Unterricht: »Was ist los  ?«

Dann folgte Raquels Antwort: »???????«

Lucía beriet sich mit Susana, bevor sie schrieb: »Frida verletzt. Angriff von Marisa.«

Von: Marta (diepoetinmarta@hotmail.com)

An: Bea (doremi@hotmail.com),
Frida (upwithFrida@hotmail.com),
Lucía (let'sdance@hotmail.com)

Betreff: Re: Was für eine Hexe

Anhang: getwell.jpg

Großer Gott!!!!
Frida, das ist für dich, vielleicht muntert dich das ein wenig auf. In meiner Klasse gibt es auch eine Schnepfenfraktion: Sie werfen Bücher oder Tabletts aus der Mensa auf den Boden, sie lachen über dich, wenn du eine Frage des Lehrers falsch beantwortest … Die Anführerin heißt Arabelle, die würde sich bestimmt bestens mit Marisa verstehen, sie läuft auch herum wie eine Prinzessin. Weil sie mir auf den Keks gehen, werde ich demnächst mal ein paar gemeine Sprüche ablassen, die Kellen und Viveka mir beigebracht haben. Gestern haben wir zusammen in der Bibliothek gelernt und danach in der Nähe von der Schule einen Hamburger gegessen. Ihr würdet sie auch mögen!
Miss u,
RS4E

29

Wir sind geliefert!

Marisa hatte gewonnen. Frida musste die nächsten drei Wochen eine Schiene tragen und konnte nicht mittanzen. Es blieb keine Zeit mehr, einen Ersatz für sie zu finden, und das wäre auch keine Option, denn ohne sie machte die Teilnahme keinen Sinn. NEIN, sie würden Marta an Ostern nicht besuchen.

An dem Tag, an dem sich Frida verletzt hatte, war Lucía von ihrem Vater abgeholt worden. Lorena und Aitana waren auch mit im Auto. Aitana hatte noch die Katzenbemalung von einem Kindergeburtstag in ihrer Klasse auf den Bäckchen. Lucía sagte die ganze Fahrt über kein Wort, und die Kleine musste ihr Gesicht gesehen haben, denn sie ließ sie in Ruhe.

Zu gern hätte sie jedem erzählt, dass Marisa schuld war. Aber die Mädchen hatten gemeinsam beschlossen, es vor allem der Lehrerin nicht zu sagen. Sie hatten keine Beweise, und wie sie die Elster kannten, hätte sie den Spieß rumgedreht und sie beschuldigt, sie seien rachsüchtig oder bösartig: Wie konnten sie es wagen, einer Klassenkameradin die Schuld an einem tragischen Unfall in die Schuhe schieben zu wollen! Sie sahen die Szene genau vor sich.

Als sie zu Hause ankamen, sagte Lucía, sie habe keinen Appetit, und ging direkt auf ihr Zimmer. Sie versuchte eine Weile ihre Englischhausaufgaben zu machen, entschied sich aber am Ende für Kunst, das machte wenigstens Spaß. Sie musste am nächsten Tag eine Hausaufgabe in technischem Zeichnen abgeben. Als sie das Geodreieck aus dem Rucksack holen wollte, stellte sie fest, dass es nicht da war. Sie fluchte über ihre Vergesslichkeit und schüttete den Inhalt des Rucksacks auf dem Bett aus. Aber das Geodreieck blieb verschwunden.

»Verflixt!«, rief sie.

Sie lief aus dem Zimmer und fragte ihren Vater, ob er ein Geodreieck habe. Er sagte, sie solle in der Rumpelkammer unter dem Dach schauen.

»Bist du sicher?«, fragte sie ungläubig.

Lorena hatte sie noch nie im Haus herumstöbern lassen. Vor allem nicht unter dem Dach, wo so viele persönliche Sachen aufbewahrt wurden.

»Vielleicht musst du ein wenig suchen«, sagte er und zwinkerte ihr zu.

Das war ihr egal. Die Vorstellung, einen Bereich erkunden zu dürfen, der eigentlich tabu war, hob ihre Stimmung. Sie zog an der Kette, damit die Klappe aufging und die Treppe sich absenkte. Dann kletterte sie die Stufen hinauf und machte Licht. An der Decke hing nur eine einsame Glühbirne. Als sie das verborgene Zimmer mit all den gestapelten Kartons sah, begann es in ihrem Bauch zu kribbeln. Das war so spannend!!

Sie schob ein paar Kartons beiseite und entdeckte einen mit der Aufschrift »NICHT WEGWERFEN!«. Der enthielt bestimmt wichtige Sachen, also sollte sie vielleicht mit dem anfangen. Sie nahm eine Decke aus dem Regal und breitete sie auf dem Boden aus, damit die Sachen nicht staubig wurden. In der Kiste waren Schallplatten von Bands aus vergangenen Zeiten: Led Zeppelin, Guns N' Roses, Pixies … Sie schob die Kiste beiseite und öffnete die nächste: Klamotten, zerfledderte Bücher, seltsame Hüte. Die nächste war voller Fotos.

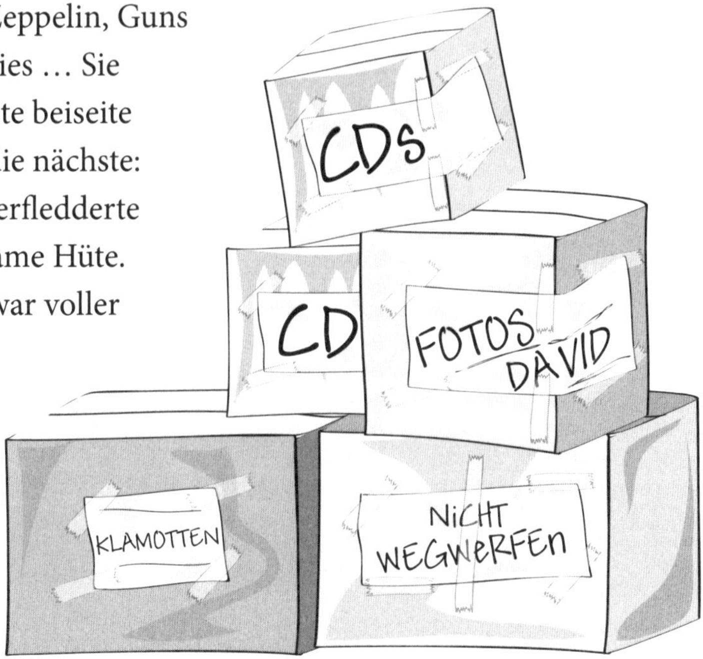

Das war schon besser! Bei allen waren die Farben verblasst. Auf einigen erkannte sie ihren Vater wieder. Er sah zum Brüllen aus!

»Mein Gott, was für Haare!«, entfuhr es ihr, als sie ihren Vater mit einer Mähne sah, die noch länger war als ihre eigene. Und sie traute ihren Augen nicht, als sie ihn in dem viel zu großen Ringelpulli, in dem er fast versank, und der abgerissenen Jeans sah. In der Hand eine Gitarre. Und vor ihm ein Mikrofon. Das war doch nicht möglich! Beinahe hätte sie es laut hinausgeschrien.

»Und? Hast du gefunden, was du suchst?«

Die Stimme ihres Vaters ließ sie auffahren. Sie war so konzentriert gewesen, dass sie ihn gar nicht kommen gehört hatte. Sie erklärte ihm, auf der Suche nach dem Geodreieck sei sie zufällig auf die Fotos gestoßen. Sie wollte nicht, dass er böse wurde, weil sie herumgeschnüffelt hatte. Doch David schien das nichts auszumachen.

»Du hattest eine Band?«

»Ja, die *Monkey Islands*. Das war ein Videospiel, das wir damals alle toll fanden.«

Lucía presste die Lippen aufeinander, damit ihr nicht rausrutschte, wie blöd sie den Namen fand.

»Ich wusste gar nicht, dass du Gitarre spielen kannst.«

Ihr Vater ging in eine Ecke der Rumpelkammer und schob ein paar Kartons beiseite. Er kam mit einer schwarz-weiß karierten Hülle und einer spanischen Gitarre zurück.

»Meinst du, du kannst noch spielen?«, fragte sie skeptisch.

Nicht dass ihr Vater ihr jetzt ein Katzenkonzert präsentierte, und sie musste ihn bitten aufzuhören, weil es ihr in den Ohren wehtat.

»Ich glaube schon«, erwiderte er.

»Dann spiel mir was vor. Ich gebe den Fan.«

Ihr Vater grummelte sich was in den Bart, setzte sich schließlich aber mit der Gitarre auf ein paar Kisten. Er stützte sie erst auf das eine, dann auf das andere Bein, als könne er nicht die richtige Position finden. Dann drehte er eine Weile an den Wirbeln der verschiedenen Saiten, um sie zu stimmen.

»Ähem, unten wartet noch eine Kunsthausaufgabe auf mich«, erinnerte ihn Lucía.

»Ich habs gleich, Stresslein.«

Die ersten Töne erklangen und … Überraschung! Es hörte sich toll an. Fasziniert lauschte Lucía dem Lied.

»Bravooooo!«, rief sie und klatschte in die Hände, als er fertig war.

»Jetzt lächelst du wenigstens mal«, sagte er. »Möchtest du mir erzählen, was los ist?«

»Es ist wegen Frida«, sagte sie schließlich.

Lucía erzählte ihm, was passiert war, aber nicht, dass Marisa wohl daran schuld war. Und dass sie bei dem *Bravo*-Wettbewerb nicht mehr mitmachen konnten, denn am Sonntag müsste das Video gedreht werden und sie hatten keine Zeit mehr für irgendwelche Änderungen. Einsendeschluss war der 7. März, in weniger als einer Woche.

»Je größer ein Hindernis, desto ruhmreicher seine Überwindung«, sagte er.

»Du mit deinen Sprüchen. Was willst du mir damit sagen?«

Ihr Vater lachte. »Ich vertraue darauf, dass dir was einfallen wird.«

Er stand auf, um sie allein zu lassen.

»Wenn ich bloß wüsste, wie!«, sagte sie. »Bringst du mir 'n bisschen was bei?«, fragte sie dann und deutete auf die Gitarre.

Ihr Vater stimmte erfreut zu. Er gab ihr die Gitarre und brachte sie in die richtige Position auf ihrem Bein.

»Mit der Hand greifst du die Bünde am Griffbrett und mit der die Saiten«, erklärte er.

Lucía versuchte die Hände richtig zu halten, aber das war gar nicht so einfach und ziemlich unbequem. Ihr Vater drückte ihre Finger auf die Bünde und sagte ihr, sie solle mit der rechten Hand sanft über die Saiten streichen. Nach und nach wurde richtige Musik draus. Unwillkürlich begann sie mit dem Kopf im Rhythmus zu wippen. Sie konnte gar nicht anders.

Auf einmal nahm eine Idee in ihrem Kopf Gestalt an. Was, wenn Frida in dem Video für den Wettbewerb sexy auf einem Hocker säße und so täte, als ob sie Gitarre spielte? Sie konnte so tun, als ob sie Justins Lied spielte, während die anderen um sie herumtanzten. So wäre sie dabei, ohne sich bewegen zu müssen. Lucía hörte auf zu spielen.

»Ich glaub', ich hab die Lösung!«, sagte sie und strahlte ihn an.

30

Ein ausgefallener Plan

»Genial, oder?«

»Du bist klasse!«

»Wahnsinn!«

Als Lucía am nächsten Morgen den anderen ihren Plan erklärte, waren alle hellauf begeistert. Das war ein guter Ausweg aus der misslichen Lage!

Frida kam wegen der Verletzung nicht in die Schule. Ihr Vater sagte, sie müsse ein paar Tage zu Hause bleiben, um sich zu erholen und um mit den Krücken laufen zu lernen. Die anderen wollten noch am selben Nachmittag bei ihr vorbeigehen und ihr alles erzählen.

Der Tag verging rasch, während sie all ihre negative Energie auf Marisa abluden. Susana ging an ihrem Tisch vorbei und bezeichnete sie als Verbrecherin und Miststück. In der Tür zum Klassenraum hustete Raquel direkt neben ihr und schickte das ein oder andere Bakterium direkt auf ihr Sandwich. Sogar Bea, die nie Schimpfworte benutzte, war an der Tür zur Toilette auf sie zugegangen und hatte sie beschimpft. Am Ende des Schultags hatte Marisa wohl kapiert, dass alle wussten, dass sie an Fridas Verletzung schuld war. Doch aus irgendeinem unerfindlichen Grund wehrte sie sich nicht gegen die Beleidigungen. Das war äußerst ungewöhnlich. Sie senkte nur den Kopf und ließ es über sich ergehen.

»Das nenne ich wahre Liebe«, hörte Lucía Eric sagen, als sie gerade aus der Klasse kam. Lucías Herz schlug wie verrückt, bis ihr klar wurde, worauf er sich bezog: Er hatte gehört, wie sie Marisa eine rücksichtslose Hexe geschimpft hatte.

»Marisa hat Frida außer Gefecht gesetzt!«, brachte sie schließlich hervor.

Sie erklärte ihm kurz und knapp, was geschehen war, und Eric war entsetzt. Sein Unterkiefer bebte. »Dann wird es also keinen Wettbewerb geben?«, fragte er.

Lucía spürte, wie ihre Knie weich wurden, als er ihr in die Augen sah. »Na ja, also«, stammelte sie auf der Suche nach den richtigen Worten. »Wir haben eine Lösung gefunden.«

»Ach ja?«, fragte er interessiert.

Lucía erklärte es ihm. Sie hätte den ganzen Tag mit ihm so weiterplaudern können, aber dann stürzten die Mä-

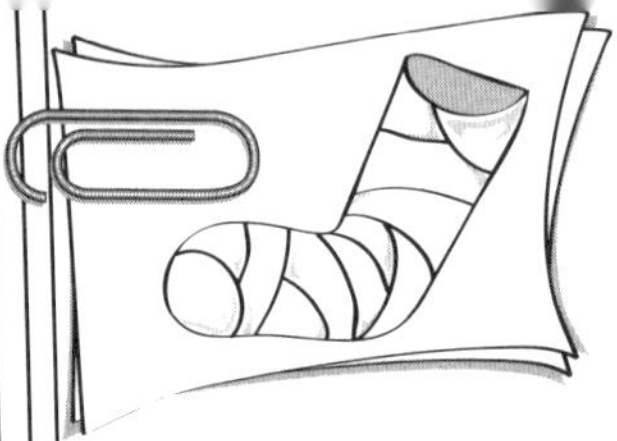

dels auf sie zu. Marisa würde sich gleich auf den Heimweg machen, es war die Chance, ihr eine letzte Abreibung zu verpassen. Das ließ sie sich nicht zweimal sagen. Erst auf der Treppe merkte sie, dass sie sich wieder mal nicht von Eric verabschiedet hatte.

Als sie zu Frida kamen, saß sie auf der Couch, das verletzte Bein auf Kissen ausgestreckt. Ricky lag neben ihr, und sie wurde von ihrem Bruder betüdelt. Dani kam ständig angetrabt, mit einem Glas Wasser, einem Kissen, der Fernbedienung.

»Habt ihr gesehen, wie gut ich ihn erzogen habe?«, flüsterte sie. Dann schickte sie ihren Bruder hinaus, um mit ihren Freundinnen allein zu sein.

»Ich krieg's nicht mal hin, dass meine kleine Schwester mir morgens das Bad frei macht«, beklagte sich Lucía.

Sie setzten sich um Frida herum.

»Was für ein Pech!« Sie jammerte, dass sie bis zur nächsten Saison kein Volleyball mehr spielen konnte.

»Aber das Bitterste ist, dass ich nicht mittanzen kann«, sagte sie, als hätte sie die Überbringung der Hiobsbotschaft bis zum letzten Moment hinauszögern wollen.

Lucía sah ihre Freundinnen an und hielt die Spannung noch ein wenig aufrecht.

»Kann man nicht ändern«, sagte sie und konnte ein Lächeln nicht unterdrücken.

Den anderen ging es genauso.

»Spinnt ihr jetzt, oder was? Es steht viel auf dem Spiel! Marta …«

Da ließen sie die Bombe platzen. Fridas Gesicht hellte sich auf, und die trübe Stimmung war wie weggeblasen: Am liebsten wäre sie vor Freude herumgehüpft.

»Aber bis zur Reise ist der Verband schon ab, oder?«, fragte Raquel.

Sollte das Bein immer noch geschient sein, würden sie Frida stützen müssen, und das bedeutete, sie konnten nicht nach ganz vorn an die Bühne, um Justin zu begrüßen. Andererseits konnten sie ihr steifes Bein auch als Waffe nutzen, um Backstage zu kommen. Sie lachten sich halbtot.

»Keine Sorge, Mädels, in drei Wochen ist die Schiene ab.« Frida zwinkerte ihnen zu. »Jetzt gilt es nur noch, die Schnepfenfraktion zu besiegen.«

»Eins haben wir dir noch nicht erzählt: Marisa ist schuld an deinem verstauchten Fuß«, sagte Lucía. Sie berichtete, was Susana herausgefunden hatte.

Frida nickte nur.

»War's das? Kein Geschrei, nichts?« Lucía hatte sich vorgestellt, dass ihre Freundin aus dem Fenster zu Marisa flog und ihr mit der Krücke auf ihren Hexenbuckel schlug.

»Wozu? Bei der wundert mich nichts. Außerdem hat sie sich selbst ins Knie geschossen.«

Auf einmal klingelte es, Ricky wachte auf und verwandelte sich in einen wild bellenden Wachhund. Frida packte ihn am Halsband, damit er Ruhe gab.

Ihre Mutter streckte den Kopf ins Wohnzimmer. »Da ist jemand für dich.«

Die Mädchen sahen sich fragend an, und als die Mutter den Namen sagte, waren alle völlig baff. Ricky, das schlaue Kerlchen, bellte noch heftiger: Es war Marisa.

Die Mädchen tuschelten vernehmlich. Frida bat ihre Mutter, sich irgendeine Entschuldigung auszudenken, damit das Teufelsgeschöpf nicht das Haus betrat. »Sag ihr, ich bin umgezogen.«

Doch ihre Mutter verbat sich ein so gemeines Verhalten gegenüber einer Klassenkameradin und forderte sie auf, sich in Gottes Namen zu benehmen. Klar, sie hatte ja keine Ahnung, was die Hexe ihnen angetan hatte!

»Hallo«, sagte Marisa kleinlaut.

Lucía hätte sich am liebsten auf sie gestürzt und sie geohrfeigt. Die Gesichter ihrer Freundinnen waren ebenso wutverzerrt.

»Bist du gekommen, um dich zu vergewissern, dass ich mich nicht rühren kann?«, fragte Frida. Ricky blieb als Wächter an ihrer Seite.

»Nein, ich bin gekommen, um mich zu entschuldigen.«

»Sollen wir dir dafür einen Orden umhängen?«, giftete Lucía.

Frida konterte auch sofort: »Wo ist die Kamera versteckt?«

»Was für eine Kamera?«, fragte Marisa irritiert.

»Die, mit der du den Scherz hier aufzeichnest«, erwiderte Frida und blickte sich um.

Marisa fragte, ob sie sich setzen und ihr alles erklären dürfe. Obwohl ihr keiner die Erlaubnis erteilte, setzte sie sich. »Es tut mir wirklich leid, Frida«, sagte sie.

Lucía hatte das Gefühl, jeden Moment durchzudrehen.

»Warum sollte ich dir glauben?«, fragte Frida.

Marisa erklärte, sie habe ihnen eigentlich nur einen Denkzettel verpassen wollen. Als die Aktion mit Eric herausgekommen war, habe er sie vor all ihren Freundinnen zur Rede gestellt. Sie habe sich furchtbar geschämt. Und sie habe dadurch einen Großteil ihrer Freundinnen verloren. Jetzt war allen klar, warum die Schnepfenfraktion geschrumpft war.

»Und was ist mit dem Wettbewerb?«, fragte Susana. »Bist du sicher, dass du uns nicht rauskicken wolltest?«

»Schon, aber nicht so.« Sie deutete auf Fridas Fuß. »Ein

Stuhl kracht zusammen, wer kann denn ahnen, dass …?« Sie blickte in die Runde, ihre Lider flatterten.

Am Ende lenkte Frida ein. Obwohl sie die Leidtragende war, die mit einem lädierten Bein und vor lauter Sitzen schmerzenden Hintern auf dem Sofa saß.

»Es sei dir verziehen«, sagte sie, als hätte sie einen Segen gesprochen. Da legte Ricky sich hin und schlief weiter.

»Was?!«, kreischte Lucía.

Frida zuckte mit den Achseln, und Lucía begriff, wenn Marisa es auf sich genommen hatte, bei Frida aufzukreuzen, um sich zu entschuldigen, auch auf das Risiko hin, dort einen Kopf kürzer wieder rauszukommen, musste man das anerkennen.

»Möchtest du einen Keks?«, fragte sie Marisa, zum Zeichen des Waffenstillstands.

Misstrauisch nahm Marisa ihn an. Bea reichte ihr eine Fanta, Raquel hängte ihren Mantel auf.

Doch die ungewohnte Herzlichkeit war für alle befremdlich. Und so kamen sie überein, dass sie nicht für immer war: Sie würden nur für den einen Nachmittag Frieden schließen. Und niemand durfte je davon erfahren.

»Das muss unter uns bleiben!«, sagte Frida und streckte die Hand aus.

Die anderen legten ihre Hände darauf, um den Pakt zu besiegeln. Dann schrieben alle etwas auf Fridas Schiene.

Start Profil Nachrichten Leute Videos Suchen Fotos herunterladen

Kellen hat mir Schlagzeug beigebracht

LUCÍA: Was spielt die Band?

MARTA: Rock Viveka singt toll!

BEA: Hört sich gut an

MARTA:

FRIDA: Warst du pünktlich??

MARTA: Yes!!!

FRIDA:

LUCÍA: Mit Rock??

MARTA:

BEA: Und passenden Strümpfen?

MARTA: Ich schicke ein Foto

FRIDA: Cool!

MARTA: Viel Glück mit dem Video morgen!!

LUCÍA:

BEA: Wir haben alle Lampenfieber

MARTA: RS4E we're the best!

31

Auf die Plätze, fertig, los!

Der Sonntagmorgen war der helle Wahnsinn.

Frida und Lucía kamen gemeinsam, und als sie bei Bea klingelten, erschien Marcos mit einem spöttischen Grinsen in der Tür. Lucía spürte, wie Frida die Finger in ihren Arm krallte.

»Wie willst du denn mit einem geschienten Bein tanzen?«, fragte er.

»Im Sitzen«, erwiderte sie wie ein Roboter.

Marcos lachte und bot an, ihr ins Dachgeschoss hinaufzuhelfen. »Meine Schwester ist mit den anderen schon oben.«

Er nahm Fridas Arm und stützte sie, während sie sich Stufe für Stufe die Treppe hochkämpfte. Lucía folgte ihnen und bemerkte Fridas zusammengepresste Lippen. Sie vertraute darauf, dass Frida den passenden Moment finden würde, um die sorgfältig vorbereitete Konversation in Gang zu bringen. Im Moment war sie so schweigsam wie immer in Marcos' Gegenwart. Als sie auf dem Dachboden ankamen, waren sie total begeistert, wie toll es dort aussah. Bea hatte die halbe Nacht dekoriert und CDs an der Decke aufgehängt. Sie hatte die Tanzfläche freigeräumt und einen Hocker bereitgestellt, auf dem Frida ihre Rolle spielen würde. Es war ein richtiger Barhocker und entsprechend hoch.

Während Marcos die Kamera begutachtete, die Frida mitgebracht hatte, schminkte Lucía alle, damit sie gut zur Geltung kamen. Weil ihre Hand leicht zitterte, musste sie bei dem einen oder anderen Auge noch mal nachbessern. Sie komplettierten den Look noch mit Halstüchern oder Ohrringen.

Als sie so weit waren, wies Bea ihren Bruder an, er solle die Regie übernehmen.

»Alle auf die Plätze!«, rief Marcos mit der Kamera in der Hand.

Frida hatte die Gitarre in der Hand, und die anderen hatten ihre Positionen eingenommen. Lucía zitterte am ganzen Leib. Sie dachte, wenn es ihr schon so peinlich war, vor Marcos zu tanzen, wie musste es dann erst für Frida sein. Sie blickte zu ihr und sah, dass ihr Bein unruhig zappelte.

»Kamera läuft!«, rief Marcos. Sogleich ging das rote Licht der Kamera an. Marcos drückte auf die Playtaste der Musikanlage.

Bei den ersten Gitarrenklängen von »All I Want is You« begann Frida auf dem Hocker zu wippen. Dann begann der Tanz.

»Schnitt!«, unterbrach sie Marcos.

Was zum Teufel machte er? Warum unterbrach er gleich am Anfang die Aufnahme? Die Mädchen sahen sich fragend an. Aber Marcos erklärte ihnen, es sei besser, wenn er sich auf der anderen Seite, neben Frida, postierte, um den Anfang besser filmen zu können. Lucía bemerkte, wie Frida sich auf ihrem Hocker wand und in die andere Richtung guckte, damit man nicht sah, wie rot sie geworden war.

Die Tänzerinnen gingen wieder in Startaufstellung, und sie begannen von vorn. Die Schritte kamen wie von selbst, während Frida zu Justins Text die Lippen bewegte. Die Koordination klappte hervorragend, sie bewegten sich locker und gerieten kein einziges Mal ins Stocken. Marcos lief mit der Kamera von einer Seite zur anderen, vor und zurück. Mal zoomte er das eine Mädchen heran, mal das andere. Als würde auch er dem Lied folgen.

Als die Musik auf das Ende zusteuerte und allmählich leiser wurde, scharten sie sich alle um Frida. Zum Schluss gingen sie alle in die Hocke und überließen ihr die Hauptrolle. Sie bewegte die Lippen zu den letzten Takten und schaute dabei in die Kamera, oder Marcos in die Augen, was auf dasselbe hinauslief. Ein Hurra auf Frida!

Alle rangen nach Atem, als der erste Applaus ertönte: Marcos nickte zufrieden. »Ihr werdet die nächsten Selena Gómez«, sagte er lachend.

»Du kannst verschwinden! Danke für deine Unterstützung!«, rief Bea und entriss ihm die Kamera.

Da ergriff Frida zum Erstaunen aller das Wort: »Ja, ich hoffe, das Video wird uns gerecht.«

Lucía konnte es nicht glauben. Frida setzte den Plan tatsächlich um! Lucía wusste besser als jede andere, dass sie weiche Knie hatte, aber sie fragte Marcos direkt, ob ihm die Choreografie gefallen habe. Immerhin sagte er nicht Nein.

»Du machst es dir ganz schön bequem auf dem Hocker!«, scherzte er.

»Tja, mit der Schiene lassen sich schlecht Pirouetten drehen«, erwiderte sie.

Die anderen nahmen die Dekoration ab und sammelten die Sachen ein, die auf dem Dachboden verteilt herumlagen, und hörten im Hintergrund die Stimmen von Marcos und Frida: Sie versuchte, sich interessant zu machen, indem sie behauptete, Schuld an der Verstauchung sei eine Volleyballspielerin, die mit harten Bandagen kämpfe, und er fragte nach ihren sportlichen Erfolgen. Marcos, ganz Kavalier, bot ihr sogar an, einen Stuhl zu holen, damit sie sich ausruhen konnte. Als er kurz weg war, grinste Frida bis über beide Ohren. Beinahe hätte er noch gesehen, wie sie alle zum Zeichen des Sieges die Faust in die Luft reckten.

Marcos reichte Frida die Hand, um ihr behilflich zu sein, und sie wurde so feuerrot wie im Sommer, wenn sie den Sonnenschutz vergessen hatte. Doch genau in dem Moment wurde er von seiner Mutter aus dem unteren Stockwerk zum Telefon gerufen, und so wurden die beiden Turteltäubchen mit einem Schlag aus ihrer Verzauberung gerissen.

»Wir sehen uns«, verabschiedete sich Marcos von Frida, die nur stumm nickte.

Für die anderen hatte er nur ein beiläufiges »Tschüss« übrig. Als er die Treppe hinunterging, stürzten sich die Mädchen auf Frida, um sie zu beglückwünschen.

»Ich bin fast gestorben«, gestand sie.

Auch Bea freute sich mit ihr. Sie hatte ihren Bruder noch nie so liebenswürdig im Umgang mit jemandem erlebt. Es war ein Wunder! Sie nahmen die Kamera und sahen sich auf dem Display das Video an. Zu Not konnten sie es ja noch mal wiederholen.

»Das sieht richtig professionell aus!«, meinte Bea hochzufrieden.

Die Jubelrufe der anderen bestätigten den Eindruck. Das Tanzvideo war perfekt, es bedurfte keiner Wiederholung. Lucía erinnerte sie daran, dass sie das Video am besten noch am selben Abend auf die Website des Wettbewerbs hochladen sollten. Die Frist lief in zwei Tagen ab!

32

The last one

Ein paar Tage später stand der erste Geburtstag an. Am 9. März wurde Susana dreizehn, und an dem Tag machte die ganze Jahrgangsstufe einen Ausflug zu Ruinen aus der Römerzeit.

Beim Mittagessen überraschten die Mädchen das Geburtstagskind: Lucía holte einen leicht zerdrückten Schokoladenkuchen aus dem Rucksack, den sie mit dreizehn Kerzen schmückten. Sie sangen »Happy Birthday«, und die ganze Stufe gratulierte. Susana lächelte und bedankte sich, sie war sichtlich gerührt. Erst beim dritten Versuch gelang es ihr, die Kerzen auszupusten. Obwohl es nur ein kleiner Kuchen war und er nicht für alle reichte, sollten doch alle ein winziges Stück abbekommen, und wenn es nur ein paar Krümel waren.

»Danke, Lucía«, sagte Eric mit seinen Krümeln in der Hand.

»Bedank dich bei Susana, sie ist das Geburtstagskind«, erwiderte sie, um das Ganze herunterzuspielen.

Eric sah ohne die Schuluniform noch viel süßer aus! Sie wollte ihm nicht ins Gesicht sehen, damit sie nicht rot wurde.

»Deiner ist am 13. Mai, oder?«

Lucía kehrte mit einem Schlag in die Wirklichkeit zurück. Hatte sie richtig gehört? Er musste ihre Überraschung bemerkt haben, denn er erklärte, er habe sich das Datum gemerkt, weil seine Mutter am selben Tag Geburtstag habe.

»Klar!«, sagte sie, und die Schmetterlinge flatterten in ihrem Bauch.

Doch dann wurden sie plötzlich von Jaime unterbrochen. »Los, Kumpel. Wir nutzen die freie Zeit, um ein bisschen Fußball zu spielen, du bist in meiner Mannschaft«, sagte er und packte ihn an der Schulter.

Eric nickte und ließ sich mitziehen.

Doch vorher verabschiedete er sich noch mit einem Lächeln von Lucía, und sie hätte ihm gern gesagt, dass sie auch wusste, wann sein Geburtstag war: am 20. August, mitten in den Sommerferien.

Der Ausflug war die letzte Verschnaufpause, die ihnen die Lehrer gönnten. Dann ging die Flut an Referaten, Hausaufgaben und Klassenarbeiten los; das war geballt mehr als in der gesamten übrigen Zeit des Halbjahres, und ihnen blieb keine Zeit mehr für irgendetwas außerhalb der Schule.

Die Elster nutzte das geschäftige Treiben, um mit ihren Schülern eine Sprechstunde abzuhalten. Auch Lucía bestellte sie in ihr Büro ein. Die hatte sich schon auf eine kalte Dusche eingestellt, doch zu ihrer Überraschung sah die Elster ihre Zukunft gar nicht so schwarz. »Du hast dich verbessert. Mach so weiter«, sagte sie in ihrer unterkühlten Art. BE-EIN-DRUCK-END!

Sie waren so beschäftigt, dass sie gar nicht mitbekamen, dass der Frühling Einzug hielt und die Sonne am Himmel erstrahlte. Tag für Tag steckten sie die Köpfe in die Bücher. Manchmal allein, manchmal gemeinsam. Sie trafen sich fast immer bei Bea auf dem Dachboden, und obwohl sie auch gemeinsam aßen, tanzten und manchmal schwätzten, hing der NACHHILFELEHRER für Lucía nach wie vor wie ein Damoklesschwert über ihnen.

Aber sie befanden sich schon auf der Zielgeraden, es fehlte nur noch ein Referat zur Zellreproduktion, dann hatten sie die Noten für das zweite Halbjahr im Sack. *The last one* … Naturwissenschaften.

An einem Nachmittag saßen Susana und Lucía allein in der Wohnung ihres Vaters, um es fertigzustellen. Es war Montag, und in vier Tagen begann die Osterwoche. Lucía war fahrig: Am nächsten Tag endete die Frist für die Abstimmung für den Wettbewerb.

Es waren mehr als fünfhundert Videos eingesandt worden, aber, so unmöglich es anfangs schien, ihres war von Tag zu Tag weiter nach oben geklettert. Sie hatten auch ordentlich die Werbetrommel gerührt: Alle Freunde, Nachbarn, Angehörige, sogar Hausmeister und Klempner hatten ihre Stimme abgegeben. Sie hatten jeden bekniet, den sie kannten, und sei es auch nur vom Sehen, und jetzt war niemand mehr übrig. In der ersten Woche waren sie schon unter den ersten zehn gelandet! Aber seit drei Tagen hingen sie nun auf dem 3. Platz fest, eigentlich nicht schlecht. Wären Marisa und die Schnepfenfraktion nicht genau einen Platz über ihnen gewesen; Marisa hatte ihr Gefolge zurückgewinnen können. Lucía ging ständig ins Internet, um zu überprüfen, ob sich eine Änderung ergeben hatte, es gab ja noch Hoffnung.

»Jetzt pass doch auf, Lucía«, schimpfte die unermüdliche Susana.

Sie war eine ausgezeichne Nachhilfelehrerin, für sie gab es keine Ausflüchte, das Lernen war ihr heilig. Deswegen hatte sie in allen Fächern gute Noten, nicht nur in Mathe.

Lucía saß auf dem Bett und flocht für sie ein Armband

aus blauen und schwarzen Fäden, weil sie noch keines besaß.

»Wenn du mir nicht zuhörst, lasse ich los«, drohte sie. Sie saß Lucía gegenüber und hielt das andere Ende des Armbands, während sie das naturwissenschaftliche Referat vorbereiteten.

»Ich höre dir doch zuuuuuu«, protestierte Lucía.

»Dann erklär mir doch mal dieses Schaubild.« Susana deutete auf die Karteikarte, die vor ihr lag.

Lucía leierte das auswendig Gelernte runter und arbeitete dabei weiter an dem Armband. Susana war zufrieden und schob die Karteikarten kurz beiseite, um ihr eine Pause zu gönnen. »Hast du noch mal mit Eric gesprochen?«

Mit der Frage hatte Lucía nicht gerechnet. Sie war so gestresst von dem Schulkram und der Aufregung wegen des Wettbewerbs, dass ihr keine Zeit für Tagträumereien geblieben war. Hin und wieder waren sie sich auf dem Flur über den Weg gelaufen, aber sie war fast immer in ein Buch vertieft gewesen oder war einen mündlichen Vortrag noch mal durchgegangen, sodass sie ihn erst bemerkt hatte, wenn er schon weit weg war.

»Wahrscheinlich bin ich ihm längst egal«, sagte Lucía und kehrte zu ihrer Flechtarbeit zurück.

»Da habe ich aber was anderes gehört.«

Lucía wurde erst blass, dann rot und bat Susana, sie solle sie nicht länger auf die Folter spannen, sonst könne sie sich nicht mehr auf das Referat konzentrieren und würde am Ende noch durchfallen. Susana hatte schließlich Mitleid und ließ die Katze aus dem Sack: »Raquel hat mir erzählt, Jaime habe ihr gesteckt, dass Eric dich fragen will, ob du mit ihm ausgehen willst.«

Lucía entfuhr ein Freudenschrei und sie bedeckte ihr Gesicht mit den Händen. Dann hüpfte sie auf dem Bett herum. »Was soll ich tun? Ich bin so nervös! Ooooooh …«

Susana sah ihr amüsiert zu. Armbänder, Bücher, Hefte, Karteikarten und Kugelschreiber fielen zu Boden, aber sie konnte nicht aufhören. Bis es an der Tür klopfte.

»Ist alles in Ordnung?«, fragte ihr Vater.

»Ja, Papa, alles *perfect*!«, erwiderte sie.

In dem Moment schlüpfte Aitana ins Zimmer und kam direkt auf das Bett zu. Lucía war so überglücklich, dass sie ihre kleine Schwester nicht anschrie und wegschickte, wie sonst, sondern ihr aufs Bett half. Hand in Hand sprangen sie auf der Matratze herum. Ihr Vater beobachtete sie von der Tür aus und kam aus dem Lachen nicht mehr heraus. Aber kurz darauf erschien Lorena und machte der Party ein Ende: »Wenn du dir wehtust, kannst du was erleben!«, drohte sie Aitana und half ihr vom Bett herunter.

»Sie ist doch erst sechs«, sagte Lucía zu ihrer Verteidigung.

»Aber du nicht!«, erwiderte Lorena vorwurfsvoll.

Als sie wieder allein waren, kam Susana auf Eric zurück. »Du musst ihn dir schnappen.«

»Aber er weiß doch zur Genüge, dass ich ihn mag. Ich hab's ihm doch deutlich genug gemacht!« Sie müsste es nur noch in alle Winde hinausschreien, dass sie von ihm träumte.

»Das glaubst auch nur du!« Susana erklärte ihr, da sie ihn in den letzten Wochen nicht mal gegrüßt hatte, glaubte Eric, dass sie kein Interesse mehr an ihm habe. Deshalb wusste er nicht, ob er sie fragen sollte, ob sie mit ihm ausgehen wolle.

»Aber jetzt flipp nicht gleich aus«, beruhigte Susana sie. »Das klärst du morgen. Jetzt müssen wir das Referat

♡du musst mit Eric sprechen♡ ♡Du musst mit Eric sprechen

fertig machen.« Sie deutete auf die am Boden verstreuten Karteikarten.

»Jaaaaaaaa, doooch, Nervensääääääge!« Lucía zog jedes Wort in die Länge.

Aber sie gehorchte und trug das Referat vor, während sie das Armband fertigstellte. Den restlichen Nachmittag schaute sie weder auf die Uhr noch zum Fenster noch auf das Handy oder den Computer, aus dem hin und wieder Benachrichtigungstöne von Chatnachrichten kamen. Und sie verbarg so gut sie konnte, dass in ihrem Kopf nur ein einziger Gedanke kreiste: Du musst mit Eric sprechen, du musst mit Eric sprechen …

Von: Marta (diepoetinmarta@hotmail.com)

An: Bea (doremi@hotmail.com),
Frida (upwithFrida@hotmail.com),
Lucía (let'sdance@hotmail.com)

Betreff: Bald ist es so weit …

Anhang: Konzert.jpg

Määäädels:

Ich schicke euch viel Kraft für die letzte Unterrichtswoche. Ach, wäre sie doch schon vorbei und Ostern schon da! Vor allem, wenn ihr dann hier seid!

Heute ist schon der 21. März: Der Frühling hat begonnen, unsere Lieblingsjahreszeit. Hier regnet es unaufhörlich. Ich hoffe, ihr habt mehr Glück! Am letzten Wochenende war ich auf einem Konzert von The Big Ones. Ihr müsst euch unbedingt bald kennenlernen!

Miss u

RS4E

33

Der Countdown läuft

»Ich fühle mich, als hätten wir schon Ferien«, sagte Bea, als sie nach der letzten Klausur auf den Flur hinaustrat.

»Ach, du Träumerin, es sind noch Tage hin!«, erwiderte Frida.

»Sei still, du Spaßbremse!«, schimpfte Lucía. Sie hatte ihr naturwissenschaftliches Referat vorgetragen, und es war ziemlich gut gelaufen. Und sie wollte sich ihre gute Laune von niemandem kaputtmachen lassen. Auch so war sie mit ihren Gedanken an tausend Orten gleichzeitig. Es blieb nur noch ein Tag, um den Wettbewerb zu gewinnen, und sie mussten die Schnepfenfraktion übertrumpfen, egal wie. Außerdem dachte sie an Eric.

»Ist sonst keiner mehr im Raum?«, fragte sie Bea.

»Nein, ich war eine der Letzten, wie immer.«

Lucía schnalzte mit der Zunge. Sie stellte sich auf die Zehenspitzen und blickte sich um. Unter all den Schülern, die lautstark ihre zurückgewonnene Freiheit feierten, war Eric nicht zu sehen. Sie atmete tief ein, um ihre Nervosität zu bezwingen. »Alles im grünen Bereich«, redete sie sich ein, dann würde sie ihn eben später treffen.

»Ist was?«, fragte Frida, auf ihre Krücken gestützt. »Ich weiß nicht, wer hier die Spaßbremse ist …«

»Nein, nichts«, log sie. »Ich wollte nur mit Eric sprechen.«

Sie tat so, als ob es nicht wichtig wäre, und sie gingen in den Hof. Frida wartete verzweifelt darauf, dass ihr die Schiene abgenommen wurde, und die warme Frühlingssonne täte ihr bestimmt gut.

»Komm, es sind nur noch vier Tage«, tröstete Lucía sie und klopfte ihr auf die Schulter.

Obwohl ihr Vater die Griffe der Krücken mit Baumwolle gepolstert hatte, bekam sie davon Druckstellen, die wie Feuer brannten.

Unterwegs auf dem Flur trafen sie die Schnepfenfraktion mit der Königin an der Spitze. Sie musterte jede einzeln von oben bis unten. »Wohl bekomms, ihr Loserinnen.«

Der Krieg zwischen ihnen war unverändert. Er hatte sich sogar noch zugespitzt: Marisa ging fest davon aus, dass sie den Wettbewerb gewinnen würde, obwohl sie mit ihrer Truppe immer noch auf Platz zwei stand.

»Dir auch, du Nervensäge«, erwiderte Frida, ohne mit der Wimper zu zucken.

Marisa stolzierte mit ihrem ultrakurzen Rock weiter und zeigte ihre langen Beine. Mit dem Frühling waren die blauen Wollstrümpfe feinen Seidenstrümpfen gewichen und die weiße Bluse (die in ihrem Fall zwei Nummern zu klein war) hatte jetzt kurze Ärmel.

»Mann, ist die eingebildet«, sagte Bea genervt.

»Wenn sie den Wettbewerb verliert, wird sich das schnell ändern«, meinte Frida.

Keine wagte es, sie daran zu erinnern, dass Marisa im Moment die besseren Chancen auf den Sieg hatte. Aber das war auch nicht nötig. Ihre Blicke sprachen Bände.

»Jetzt seht mal nicht so schwarz, wir haben noch einen ganzen Tag.«

Ihnen blieb wenig Zeit, Sonne zu tanken, da erinnerte sie der Gong daran, dass sie noch ein paar Schulstunden vor sich hatten. Sie waren schon aufgestanden, als ein weiteres Klingeln (diesmal vom Telefon) Frida aufschrecken ließ. Sie bat die anderen, sie kurz zu stützen, während sie den Anruf entgegennahm: »Ja, was willst du? Ah, klar … Oh, nein! Ja? Echt? Wann?«

Während Frida sprach und Gleichgewichtsübungen machte – sie legte die Krücke beiseite, nahm sie wieder in die Hand, schwang das verletzte Bein vor und zurück, mussten die anderen wahre Kunststücke vollbringen, um sie zu halten.

»Dauert es noch lange?«, fragte Lucía leicht genervt.

»Jaaa!!!«, rief Frida plötzlich in einer Lautstärke, die sie beinahe ertauben ließ.

Lucía hätte sie beinahe losgelassen, um sich die Ohren zuzuhalten. »Was hast du denn jetzt schon wieder, du Verrückte?«, fragte sie.

Frida hampelte nervös hin und her, das Handy noch am Ohr. Sie legte erst auf, als die anderen energisch wurden.

»Es war mein Bruder. Ihr wisst ja, er liegt krank zu Hause.« Raquel wedelte mit der Hand, sie solle endlich zum Punkt kommen. »Es gab eine kleine Veränderung auf den ersten Plätzen.« Frida hielt sich noch bedeckt.

»Sind wir auf Platz zwei aufgestiegen?«, fragte Bea.

Frida schüttelte den Kopf und lächelte. Auf einmal war es mucksmäuschenstill. Ihre Augen waren weit aufgerissen.

»WIR SIND AUF PLATZ 1!«

Sie begannen vor Freude zu kreischen und zu tanzen. Selbst Frida mit ihren Krücken. Sie würden zu spät zum Unterricht kommen, aber dass sie so kurz vor dem Sieg waren, musste gefeiert werden.

34

Ein buntes Armband

Lucía rannte vor und suchte nach Eric. Es waren noch ein paar Stunden hin bis zum Ende der Stimmabgabe, und die Platzverteilung konnte sich noch mal ändern. Aber Lucía war schon in Siegerlaune.

An der Tür zu seiner Klasse stellte sie fest, dass er noch nicht da war. Also lehnte sie sich gegen die Wand, um tapfer auf ihren Freund, na ja, eigentlich zukünftigen Freund, zu warten. Sie ließ den Flur keine Sekunde aus den Augen, nicht, dass sie ihn noch verpasste, weil sie den Kopf in den Wolken hatte. Sie hatte einen nahezu unfehlbaren Plan, und heute lief alles so gut, dass er einfach aufgehen musste. Trotzdem schlug ihr Herz wie verrückt.

An ihr zogen Köpfe in allen Formen und Farben vorbei, kurze, blonde, gelockte, lange, braune Haare. Lucía wusste schon nicht mehr, wie sie sich hinstellen sollte. Mal stützte sie sich auf die eine, mal auf die andere Seite, sie verschränkte die Hände vor der Brust, löste sie wieder. Sie sah, wie die Mädchen, Jaime und Erics andere Freunde in die Klasse strömten. Als sie schon glaubte, Eric wäre nach der letzten Klausur nach Hause gegangen, tauchte er plötzlich auf, als hätte sich ein Scheinwerfer auf ihn gerichtet wie im Kino. Er war eine Erscheinung, obwohl er mit gesenktem Kopf und hängenden Schultern vor sich hin trottete, wie immer. Die Mähne fiel ihm leicht wippend in das schöne Gesicht.

Er sah so gut aus!

Er nahm sie erst wahr, als sie schon fast vor ihm stand. Lucía spürte genau, dass er mit einem Schlag angespannt war. Er schob sich immer wieder das Haar hinter die Ohren und verlangsamte seinen Schritt. Dann stand er vor ihr: »Hallo«, sagte er und blickte zu Boden.

»Hallo«, erwiderte sie und schenkte ihm ihr schönstes Lächeln.

»Wartest du auf Bea?«

»Nein«, gestand sie. »Ich wollte dir das hier geben.« Sie zog ein geflochtenes Armband in Grün (Erics Lieblingsfarbe) und Lila (ihre Lieblingsfarbe) aus der Jackentasche. Er nahm es vorsichtig in die Hand, als wäre es zerbrechlich.

»Meine haben dir doch so gut gefallen«, sagte sie. Sie hatte das Armband am Abend zuvor gemacht.

Eric starrte auf das Armband. Man merkte, wie nervös er war, er kratzte sich am Kinn, an den Augen. Schließlich sagte er: »Danke. Bindest du es mir um?«

Lucía nahm sein Handgelenk. Sie hoffte, dass er nicht merkte, wie ihre Hände zitterten. Sie war ihm noch nie so nahe gekommen und sie berührte zum ersten Mal seine Haut. Und wenn sie ihn versehentlich kratzte? Sie legte ihm das Armband um und verknotete es, aber vorher fragte sie ihn, wie fest er es haben wolle. Nicht, dass sie ihm noch das Blut abschnürte. Als sie beim dritten Knoten war, kam der Dickkopf, um mit dem Unterricht zu beginnen. Lucía löste sich von Eric und ging in ihre Klasse. Ein Lächeln lag auf ihrem Gesicht.

LUCÍA:
Frida & Co. Siegerinnen!!!!!

MARTA:
Juhuuuuuuuuuuuuuuuu!

BEA:
Ich kann's noch gar nicht glauben!

FRIDA:
Ich packe schon den Koffer

LUCÍA:
Hahahaha, ich kann nicht aufhören zu lachen!

MARTA:
Ich freu mich so auf euch!

FRIDA:
Morgen bekommen wir die Reisedetails!

LUCÍA:
Hahahaha

BEA:
Ich tanze und tanze

MARTA:
RS4E!

35

Letzter Schultag

„Supiiiiiiiii!“ Lucías Schrei hallte durch die Schule.

Es gab so viel zu feiern. Sie hatte die Noten für das Halbjahreszeugnis bekommen, und sie hatte alles bestanden. Es war sogar die ein oder andere Zwei dabei, das würde ihrer Mutter die Sprache verschlagen. Doch damit nicht genug: Es war Freitag, und in nur zwei Tagen würde sie mit den Mädels nach Berlin fliegen und Marta wiedersehen, denn

DANN FINGEN DIE FERIEN AN.

Am liebsten hätten sie gleich losgelegt mit dem Feiern, aber sie mussten erst noch den Flur mit den Papppyramiden aus dem Kunstunterricht dekorieren, und den Winden und Holzrädern aus dem Werken, irgendein Spaßvogel hatte sogar ein Stoffkamel mitgebracht. Ihr Teil des Flurs stellte in einem Tunnel der Geschichte der Antike die verschiedenen Dynastien Mesopotamiens dar, mit Leier- und Harfenmusik im Hintergrund.

Sie waren alle verkleidet, ziemlich albern, aber sie hatten noch Glück gehabt: Die aus der Stufe über ihnen hatten einen Flur zum Klimawandel gestaltet, und einige mussten sich allen Ernstes als »Abholzung« verkleiden. Sie selbst sahen in ihren Tuniken à la Kleopatra, Athene und Konsorten zumindest recht ansehnlich aus.

Es war Schulfest, und die Familien würden am Nachmittag die Ausstellungen besuchen. Spaß machte das keinen: Gab es etwas Alberneres? Das einzig Gute war, dass es zum Abschluss einen Imbiss im Hof gab, bei dem sie sich mit Schokolade und Cola vollstopfen konnten.

Sie waren schon fast fertig mit der Deko, es fehlten nur noch ein paar Details. Wann immer sich Lucía die Gelegenheit bot, schielte sie zu Eric hinüber. Er sah fantastisch aus in seinem Römerkostüm! Es war ihr nicht entgangen, dass er ihr Armband noch trug, und das wertete sie als gutes Zeichen. Und doch tat er so, als wenn nichts geschehen wäre.

Am frühen Nachmittag kam Lucías Mutter mit José María vorbei und stürzte sich sofort auf sie: »Und?« Sie wusste ja, dass es an dem Tag Zeugnisse gegeben hatte.

Lucía gab ihr den Umschlag, und ihre Mutter riss ihn auf. Während sie Zeile für Zeile überflog, entspannte sich ihr Gesicht. Auch ihre Unterlippe hatte aufgehört zu zittern. Sie strahlte übers ganze Gesicht. »Ich wusste, du würdest es schaffen!«, sagte sie.

Auch José María beglückwünschte sie.

Lucía verdrehte die Augen und ließ sich kurz drücken, Eric hatte ihr gerade den Rücken zugewandt.

»Schön, dann könnt ihr ja jetzt einen Rundgang machen«, schlug Lucía vor.

Sie wollte, dass ihre Mutter und José María das Weite suchten, damit sie Eric weiter beobachten konnte. Sie erklärte ihnen, sie müssten unbedingt den Flur der 8. Klassen besuchen, der sei zauberhaft. Sie zerrte sie schon fast bis zur Treppe und verabschiedete sich.

Doch genau in dem Moment trafen Fridas Eltern ein, und dann Beas. Raquel und Susana stellten ihre auch vor, und ehe sie sichs versah, waren Eric und Jaime verschwunden. Sie hoffte, ihn später beim Imbiss im Hof wiederzusehen.

Ein heftiger Schubs in den Rücken ließ sie herumfahren. Sie wusste genau, wer es war, denn nur eine Person schlug so hart zu. Marisa und ihr Gefolge standen direkt hinter ihr.

»Was willst du?«, fragte Lucía ohne Furcht und neigte ihr Kleopatrahaupt.

»Die Perücke steht dir nicht. Und hör auf mich zu verfolgen, du bist ja wie eine Klette. Als würde so etwas von mir auf dich abfärben!«, sagte Marisa überheblich und schwang ihre Tunika über dem Knie, was die anderen mit ihrem Hyänenlachen kommentierten.

»Das ist ja wohl eher umgekehrt. Ich hab keinen Wettbewerb verloren.«

Marisa baute sich vor ihr auf, die Gummilanze fest umklammert. Hinter Lucía versammelten sich die Freundinnen mit ihren Schutzschildern, und Frida übernahm trotz ihrer Krücken das Wort: »Störe ich?«

Marisa schnaubte und zog ab. Wieder einmal hatten sie sie in die Flucht geschlagen.

Kurz darauf kam Lucías Vater mit Lorena und Aitana. Lucía schenkte der Kleinen ihre Krone, und Aitana wiederholte gebetsmühlenartig, sie wünsche sich ein Kamel zum Geburtstag.

Als die Lehrer verkündeten, im Hof stünde alles bereit, gingen die Mädchen nach draußen.

Dort waren u-förmig mehrere Tische mit Snacks und Getränken aufgebaut, der Hof sah richtig festlich aus. Die Eltern standen in Grüppchen plaudernd beisammen, und die Kinder hatten sich allesamt zurückgezogen. Sie waren schon zu alt für solche Feiern, und sie wollten sich nicht vor ihren Freunden blamieren. Zum Glück standen María und José María und David, Lorena und Aitana in entgegengesetzten Ecken des Hofs. So bestand keine Gefahr, dass sie aneinandergerieten. Lucía sah auch Erics Mutter. Er selbst stand etwas weiter weg an einen Baum gelehnt und unterhielt sich mit seinen Freunden. Sie sah ihn an, er erwiderte ihren Blick und kam dann auf sie zu.

»Und, wie ist es gelaufen mit den Noten?« Er blickte auf einen unbestimmten Punkt zwischen ihr und dem Boden.

»Erstaunlich gut.«

Eric lächelte, und Lucía spürte, wie sie dahinschmolz. Sie fragte ihn: »Und bei dir?«

»Wenn man berücksichtigt, dass ich einen Monat wegen der Hepatitis gefehlt habe, gar nicht so schlecht.«

Lucías Herz raste und ihr stockte der Atem. Das war der Augenblick, den sie sich in den letzten drei Monaten sehnsüchtig herbeigewünscht hatte. Sie durfte sich nichts anmerken lassen.

»Na ja, vielleicht kann ich dir bei dem ein oder anderen Fach helfen, wenn du willst.« Das hatte ziemlich überzeugend geklungen.

»Ja? Oh, danke«, sagte er. Er atmete tief ein. »Kann ich dich was fragen?«

Endlich, da war sie. Die lang ersehnte Frage. Lucía schüttelte ihre rote Mähne und konzentrierte sich darauf, nicht allzu verzweifelt auszusehen. Sie vermied es, zu ihrem Vater hinzuschauen, der ihr von Weitem zuwinkte. Ausgerechnet jetzt! Nicht dass ihr noch die Stimme brach.

»Natürlich.« Sie schlug sich wacker.

»Ähm«, Eric räusperte sich, bevor er fortfuhr, »kannst du mir in Kunst helfen? Du bist die Beste, und ich würde gerne …«

Bei dem Wort »Kunst« hatte Lucía abgeschaltet, als wäre ihr Hirn mit einem Mal ausgetrocknet. Sie hatte keinen Spiegel zur Hand, aber sie war bestimmt kreideweiß im Gesicht.

»Lucía? Wenn es gerade nicht geht oder du keine Lust dazu hast, ist das okay, ja? Ist alles in Ordnung mit dir?«

Sie nickte und brachte gerade noch ein Ja heraus. In ihrem Kopf drehte sich alles. Sie schob vor, dass sie erwartet wurde, und sah zu, dass sie Land gewann.

MARTA:
Ich schicke euch einen Stadtplan von Berlin. Groß, was?

FRIDA:
Oh my god …

MARTA:
Ich hole euch vom Flughafen ab

BEA:
Uff

MARTA:
In ein paar Stunden sehen wir uns

FRIDA:
Ich werde kein Auge zutun

LUCÍA:
Ich kann schon seit Freitag nicht mehr schlafen

FRIDA:
Vergiss Eric! Wir fahren nach Berlin!

LUCÍA:
Stimmt

MARTA:
Das wird genial! RS4E

36

Berlin, wir kommen!

Das Flugzeug startete in aller Herrgottsfrühe, und Lucía hatte die ganze Nacht kein Auge zugetan. Sie war noch nie geflogen, und es interessierte sie brennend, ob man vom Himmel aus eines ihrer Wohnhäuser sehen konnte.

Ihre Mutter und José María brachten sie zum Flughafen, und um ein Haar hätte sie ihren Koffer nicht mehr aufgeben können. Ihre Mutter hatte die grandiose Idee gehabt, genau an dem Sonntag, an dem die Eröffnung eines großen Möbelhauses stattfand, die Gran Vía zu nehmen, und es herrschte ein derartiger Stau, dass sie eine Stunde später als geplant am Flughafen ankamen. Ihr Vater, der auch gekommen war, um sie zu verabschieden, musste sich buchstäblich auf die Zunge beißen, um nicht laut auszusprechen, was er dachte.

Als sie zu ihren Freundinnen stieß, blickte sie in panische Gesichter. »Wir dachten schon, du würdest nicht mehr kommen«, schimpfte Frida.

1 Zeile Übersatz

Lucía freute sich, dass ihre Freundin endlich die Schiene und die Krücken los war. Sie lief noch etwas langsam und musste einen Stützverband am Knöchel tragen, aber sie lief.

An der Sicherheitskontrolle verabschiedeten sie sich von ihren Eltern. Nur Fridas Mutter würde sie als Aufsichtsperson begleiten.

Lucía kam das Flugzeug wie ein geschrumpfter Bus mit Flügeln vor. Man hatte nicht viel Platz. Sie saßen in einer Reihe, von Fenster zu Fenster.

Vorne tauchte eine Stewardess auf und führte die typischen Armbewegungen für die Sicherheitshinweise aus. Lucía war die Einzige, die zuhörte, als Debütantin war sie ein wenig aufgeregt.

Über Lautsprecher kam der Hinweis, dass sie die Mobiltelefone ausstellen sollten. Als Lucía ihres in die Hand nahm, entdeckte sie das Nachrichtensymbol; sie hatte eine SMS bekommen. Die Nummer war ihr völlig unbekannt, aber als sie die Nachricht öffnete, blieb sie am letzten Wort hängen: Eric.

»Was?«, entfuhr es ihr. Sie konnte nicht glauben, dass er ihr eine Nachricht geschickt hatte.

Am Freitag hatte Lucía bebend vor Zorn das Schulfest verlassen. Und sie hatte sich geschworen, Eric ein für alle Mal zu vergessen. Aber jetzt hatte sie eine SMS von ihm bekommen. Woher hatte er ihre Nummer? Sie hatte sie ihm nicht gegeben.

»Was ist los?«, fragte Frida leise, die neben ihr saß und ihrer Mutter den Rücken zugedreht hatte.

Lucía flüsterte ihr zu, was passiert war, und dann lasen sie gemeinsam die Nachricht. Sie war ewig lang:

Am Freitag bei dem ganzen Wirbel mit den Eltern und so habe ich mich nicht getraut, aber ich will nicht, dass du nach Berlin fährst, ohne dass ich dich gefragt habe. Möchtest du vielleicht mal mit mir ins Kino gehen oder eine Runde drehen oder eine Cola trinken, wenn du wieder da bist, Lucía? Also, wenn du magst und so. Eric.

Lucía traute ihren Augen nicht. Ungläubig sah sie Frida an. Und Frida nickte.

»Er fragt dich, ob du mit ihm ausgehen willst«, flüsterte sie ihr ins Ohr.

Lucía las die Nachricht noch einmal, um sicherzugehen, dass das auch stimmte. Die Worte blieben ihr im Halse stecken. Sie war wie gelähmt.

»Lucía!« Frida packte sie am Arm und schüttelte sie leicht, um sich zu vergewissern, dass sie nicht zur Salzsäule erstarrt war.

Auf einmal strömten die ersten Worte aus ihrem Mund: »Er mag mich!«, sagte sie und schnappte nach Luft. »Er mag mich wirklich.«

Sie musste die Nachricht rasch beantworten, daher schrieb sie das Erstbeste, was ihr in den Sinn kam. »Ja, ich gehe gerne mit dir aus! Lucía.«

Sie machte das Handy aus und sank mit einem breiten Grinsen in den Sitz. Als das Flugzeug startete, griff sie nach Fridas Hand. Nicht aus Angst. Sie hätte nicht geglaubt, dass es beim Start noch mehr in ihrem Bauch kribbeln würde als ohnehin schon. Sie hoben ab und stiegen immer weiter auf, bis in die Wolken. Das würden die besten Ferien ihres Lebens werden.

STAR

Es ist noch keine Hexe vom Himmel gefallen

Sabine Städing
MAGNOLIA STEEL -
HEXENDÄMMERUNG
336 Seiten
ISBN 978-3-414-82464-6

Was tun, wenn man mit dreizehn Jahren urplötzlich erfährt, dass man eine Hexe ist? Magnolia fällt aus allen Wolken, als ihre Tante Linette sie in dieses Familiengeheimnis einweiht. Bisher hatte sie sich immer für ein durchschnittliches Mädchen gehalten. Doch nun gerät ihre Welt plötzlich ins Wanken. Der unheimliche Graf Raptus, ein dunkler Magier, bedroht Rauschwald und trachtet ihr nach dem Leben. Höchste Zeit also, dass Magnolia in das Hexenhandwerk eingeführt wird, denn um den Grafen zu besiegen, wird jede Hexe gebraucht …

Boje